· 奇想文库 ·

毕业那年
海边的暑假

[加] 弗兰克·维瓦　著／绘

邱晓亮　译

陕西新华出版传媒集团
陕西人民教育出版社
· 西 安 ·

奇想国童书
Everafter Books

项目策划　奇想国童书
特约编辑　王　博　聂宗洋
版式设计　王　妍　李困困

1

今天是本学期最后一天，也是每个学期里最棒的一天。我和最好的两个朋友迈克和泰迪一起走路回家，我走在中间。他们一路讲着笑话，不时爆发出笑声，而我则一直闷不吭声。对迈克和泰迪来说，悠长的暑假在前方等待他们，接下来的日子充满诱惑和希望；可对我而言，则是悬在空中的一个大大的问号。迈克和泰迪的爸爸妈妈思维正常，不会把孩子的生活搞得一团糟，而我的爸爸妈妈就不一样了。这个暑假，他们打算把我丢到新斯科舍省①的一个亲戚家。

对于新斯科舍省，我只了解两点：首

---

① 新斯科舍省（Nova Scotia）位于加拿大东南部，濒临大西洋。

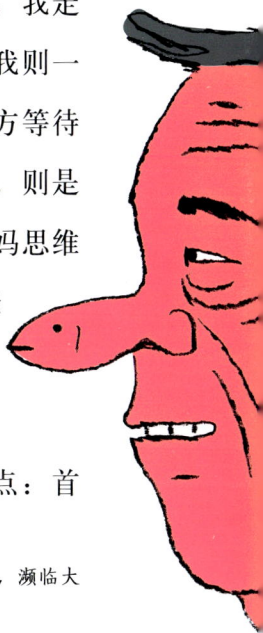

先，它离雷克湖①有十万八千里；其次，那里到处都是我家的老态龙钟、浑身鱼腥气的远房亲戚。

"你有可能被野人吃掉。"迈克说。

"也可能被大白鲨吞掉。"泰迪说。他抓住我的一只胳膊，假装要咬一口。

我辛苦了整整十二年②才换来这个暑假，可我的爸爸妈妈却像扔烂猪肝儿一样，随随便便就把它打发了。更让人难以忍受的是，我还得静静地忍受着，听迈克和泰迪讲他们要做的一百零一件好玩的事，而那时我却在加拿大最偏远的一个犄角旮旯里受罪。我不能去好朋友家的后院过夜了，也不能在帆布小帐篷里打着手电筒听鬼故事。泰迪的妈妈不能邀请我和她的家人一起坐着大客货两用车，去看汽车电影院的露天电影了。我不能去游乐场，让旋转木马转得飞快，快到我简直不敢睁开眼睛；当然也不能享受中间休息时的热狗和法式炸薯条了。迈克和泰迪会去露西杂货店买怪兽卡，还有最新一期的《蜘蛛侠》——可惜没有我。他们会去小黑溪，用荡绳渡过泥糊糊的小河，偷看

---

① 雷克湖（Lakefield）位于加拿大的安大略省。
② 加拿大的孩子一般十二岁小学毕业。

老辛普森房子里那些有钱的孩子——可惜没有我。他们要在我们的树屋上加装一个瞭望口,用绳子和滑轮把木料吊上去——可惜也没有我。他们要去购物中心嘉年华会,把所有的游戏玩个遍,买樱桃炸弹和吉米甜筒冰激凌,从大糖罐里抓蝌蚪软糖……可惜这些全都没有我。

虽然爸爸和妈妈都应该为我的悲惨遭遇负责,但我那异想天开的妈妈才是这一切的幕后主谋。

"你肯定会喜欢那里的,"她不停地对我说,"我像你这么大的时候,整个夏天都待在阿卡尼角,那是我这辈子度过的最愉快的一个夏天。"阿卡尼角?听起来都不像一个真实的地名。

"这听起来像是一个什么尖锐东西的名字,"我说,"听起来很危险。"

听了我的话,妈妈只是笑。这个疯狂的女人还真以为她是在为我做一件好事。她甚至给我看了一张老掉牙的黑白照片。照片上的她穿着泳衣,站在几个男孩旁边微笑。"看到了吗?"她说。

"看到什么?"

"看我那时候玩得多开心。"

我从没见过的某个蠢丫头很久以前在某个蠢地方玩得很开心，这关我什么事？不过，这句话我并没说出口。我只是默默地回到自己的房间，关上门。接下来的两天，我一直待在房间里，谁也不搭理。妈妈来敲门，说迈克和泰迪找我出去玩，我告诉她，跟他们说我死了。我宁愿死，也不愿想起即将错过的一切。我用被子蒙住脑袋，然后把收音机的音量调到最大。

　　很快，我就要坐上飞机，去一个我根本不了解的地方，还要为一个我根本就不认识的暴脾气老头儿干活。他是我外婆的哥哥，所以脾气一定很暴躁。如果飞机坠毁了，我的爸爸妈妈会后悔吗？"为什么，为什么，为什么我们要把他送走？"我猜，到时候妈妈会这样哭喊。

　　"因为你是世界上最残忍的妈妈。"我的鬼魂准会这样阴森森地回答她。

2

　　我以为这事已经够糟糕了，谁知，接着我看见一条大浴巾，上面印着小姑娘才会喜欢的粉色美人鱼。"那是什么玩意儿？"我问。

　　"是你的新浴巾呀，宝贝。"妈妈说。

　　我不再想在飞机上死了，因为那还要等太久，我想立刻就死在这里。从储藏室拿出来的绿色大行李箱摊开在我的床上，像一张巨大的嘴巴，要把我整个吞下去。出发的时间就要到了。

　　"甜心，"妈妈说，"相信我，你将会享受一段终生铭记的时光。"相信她？要我相信一个给我买粉色美人鱼浴巾的妈妈吗？

　　"该走了。"我的姐姐琼说，"别担心，老弟，你不在的时候，我会好好照看你的房间。"

"你最好不要踏进我的房间半步，要不然你就死定了！"我说，"如果我发现有一样东西弄乱了，你就惹上大麻烦了。我会告诉你的男朋友，你浑身臭哄哄的，还有腋毛！"

"我跟哈罗德昨天已经分手了，老弟。所以，你爱跟他说什么就说什么吧。"

"孩子们，马上出发！"爸爸在门口大声喊道。

汽车开入车道的时候，我看到迈克和泰迪站在泰迪家前院的草坪上冲我挥手。我缩进座位里，假装没看见他们。车子开出街道尽头的拐角，我的心情糟透了。我把双臂抱在胸前，拒绝和任何人说话。车子驶上高速公路时，我的胃里泛起一阵恶心。

"爸爸，我觉得我要吐了。"我说。

"别傻了，"他说，"没事的。你把窗户打开一条缝儿，透透气。"

"爸爸，我真的要吐了。停车，爸爸，求你了！"

终于，爸爸把车停在了高速公路的路肩上。我本想从琼的膝盖上跨过去，但已经来不及了。我把大部分呕吐物

吐到了路上，
但还是有一些
吐在了姐姐的牛仔
裤上。我真希望迈克
和泰迪能看见琼当时的脸色啊。

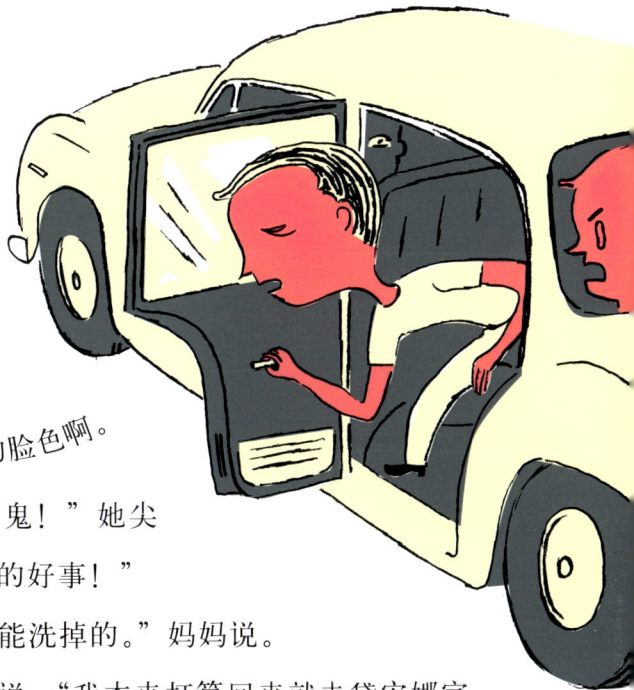

　　"呃，你这个讨厌鬼！"她尖
叫道，"妈妈，看他干的好事！"

　　"宝贝，别担心，能洗掉的。"妈妈说。

　　"太难闻了！"琼说，"我本来打算回来就去黛安娜家
的。"她低头看着我说："我简直等不及了，你赶紧走！"

　　"你会好起来的。"爸爸说着，下了车，用纸巾帮我
擦掉嘴边的呕吐物。纸巾上还留着口红印。

　　"爸爸，那是用过的纸巾吧？"

　　"快回车上，要不然我们就赶不上飞机了。"他说。

　　我假装慢吞吞地走，故意惹他们着急。

　　"快上车！"他们一起大喊。

3

到机场后，我们不得不拼命在大厅里奔跑。我以前也听人说过"拼命奔跑"，但他们并不是真的在"拼命"，而这一回我们是真"拼命"，同时还要避开人群，那些人要去的地方都比阿卡尼角好。终于，我们来到检票口，长长的队伍在等着我们。

"哦，天啊，"妈妈看着大屏幕说，"航班晚点了，谢天谢地！"一边说着，妈妈和爸爸一边瘫软地倚靠在墙上。随后，妈妈小心翼翼地坐在我的绿色大行李箱边上，拿出手绢，擦拭着额头上的汗。她长舒一口气，如释重负。正在这时，"砰"的一声，我的行李箱炸开了！我的内衣、内裤、粉色美人鱼浴巾，还有我的妈妈，一起散落在地板上，所有的人都朝我们这边看过来。

琼偷偷笑了。我用手捂住眼睛，顿时满脸通红。我盘算着，如果从这里逃跑并且拼命奔跑的话，要花几个小时才能到泰迪家。也许，我可以住在泰迪爸爸妈妈的客货两用车里。

"嗯，不管怎么说，总算赶上飞机了。"爸爸说。

他们把我的东西塞回行李箱。我们拿到登机牌，朝登机口走去。妈妈取出一张崭新的二十元纸币，折好，放进我的前衣兜里。

"这算贿赂吗？"

"哦，艾略特，"她说，我看到她的眼眶有些湿润，"我会想你的。"

"那你为什么还要把我送走？"我小声嘀咕着。

"宝贝，你说什么？"她问。

"没什么。"我说。

窗外是我将要乘坐的飞机。驾驶舱的窗户像一双生气的眼睛，让我想起一只凶猛的银色大鸟。然后，我看到了我的绿色大行李箱。它躺在长长的传送带上，朝大鸟的肚子里滑去。

当我们来到登机队伍前面时，妈妈单腿跪地，向我张

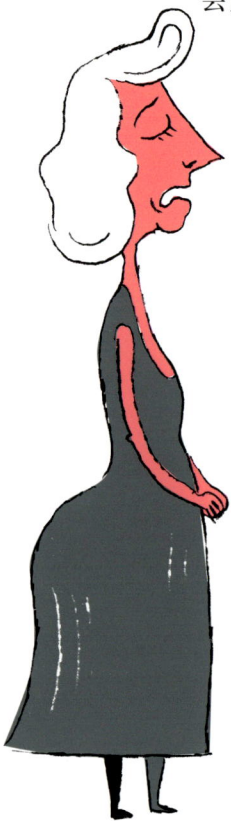

开双臂，说："艾略特，妈妈非常非常爱你。我相信你一定会度过一段特别美好的时光。代我向你的外婆和厄尔爷爷问好。"

我从没见过厄尔爷爷，但我非常了解我的外婆。上次复活节，她来我们家小住，抱怨个没完没了：

"我不喜欢硬皮面包。"

"我不喜欢羽毛枕头。"

"你和你的姐姐比一群猴子还要吵。"

"你家的地下室闻起来有一股烂萝卜的味道。"

"艾略特，你知道吗？你比克里斯托夫矮很多，他可是你的表弟，比你小。"

有一次，她把脑袋伸进客厅的壁橱，正在里面找东西，我想从她的大屁股后面挤过去，结果她朝柜子里面让了一下，直接进到了柜门里——而那扇时不时会自动关闭的柜门，突然就关上了，把她关进了柜子里！从此以后，她开始没完没了，见人就说："那孩子把我推进一个黑乎乎的柜子，还在我身后关上了柜门。那孩子太没规矩了，他在外面玩野了。玛格丽特，你知道吗？你养了一个小无赖。"玛格丽特是我妈妈的名字。

玛格丽特怎么就不明白呢？她的小无赖就是不想跟他的疯外婆一家一起度过整个夏天啊！妈妈给了我一个拥抱，亲了我一下。爸爸在旁边说："好好享受玩水的时光。"换句话说，在阿卡尼角，我根本没有其他事情可做。

"嗨，爸爸，我是你的儿子艾略特，"我说，"是那个游泳考试从来没有及格过的孩子。"

"嗯，孩子，"爸爸似乎没听见我的话，接着说，"你要给我抓一些大鱼回来，好吗？"

"再见，蠢蛋特……我是说，艾略特。"姐姐说。

琼喜欢游泳，他们为什么不把她送到阿卡尼角去？我没再说话，只是转过身，踏上通向飞机的通道，感觉像是走在海盗船的甲板上一样。

我来到机舱门口，向空姐出示机票。

"你自己一个人吗，小伙子？"她问。

"是的。"我叹了口气，说道。

"噢，所以这是一次伟大的探险之旅啊。"她微笑着说。

"嗯，我觉得你可以这么说。"我回答。

我在座位上坐好，从窗口望向候机室。爸爸、妈妈和姐姐还在门口。他们正往这个方向张望着，手遮在眼睛上方。当他们看到我的时候，妈妈开始疯狂地挥手。我举起手，冲她挥了一下。没过多久，爸爸搂着妈妈的肩膀，招呼姐姐跟着他们。他们转身走了。姐姐回头看了我一眼，冲我吐了吐舌头。

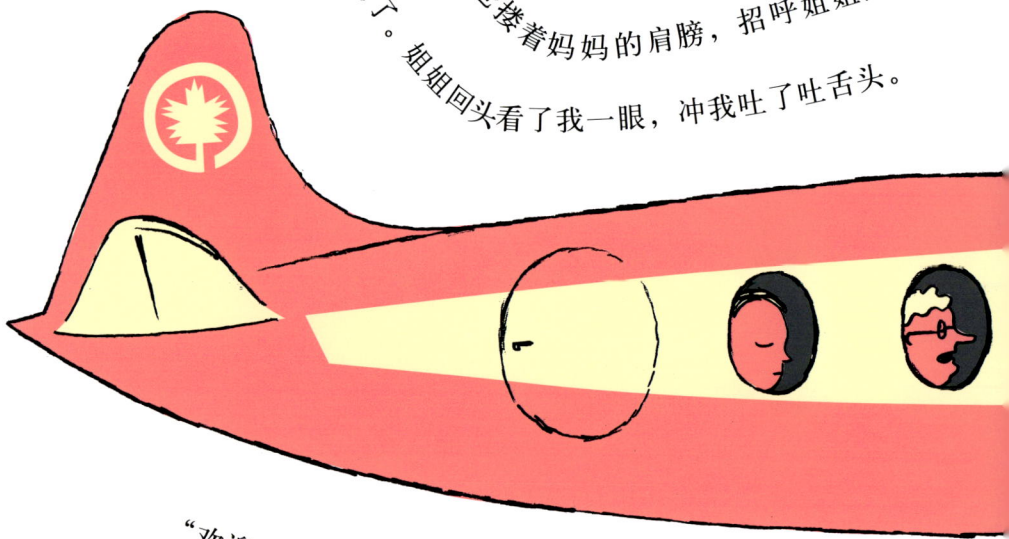

"欢迎乘坐486号航班。本次航班飞往新斯科舍省的哈利法克斯市。"一个略带鼻音的声音欢快地说道。妈妈解释

过，我需要先飞往哈利法克斯，因为阿卡尼角太小了，没有机场。"飞机即将起飞，请您查看维珍航班《安全事项说明》，资料位于您面前的座椅口袋里。"我系好安全带，等待着。

终于，引擎轰鸣，飞机开始晃动。飞机起飞的时候，我紧紧地抓住扶手，防止自己陷进座椅里。我的耳朵"嗡嗡嗡"地响了好一阵，等到飞机攀升到空中后，耳朵才舒服了。引擎的嗡嗡声让我想睡觉。空姐给了我一杯水、一小包花生，还有一个我们搭乘的这班飞机的小小的玩具模型。

"你去过新斯科舍省吗？"她问。

"没有。"我回答。

"你会喜欢那里的。"她说。

"你是我妈妈派来的吗？"

空姐笑了，我把这当成默认。

她离开后，我睡着了，梦见泰迪和迈克变成了长着胡子的大人。他们坐在帐篷里读《蜘蛛侠》漫画，可他们长得太高，脑袋穿过帐篷顶露在外面。迈克说："我真想知道，艾略特怎么样了？"

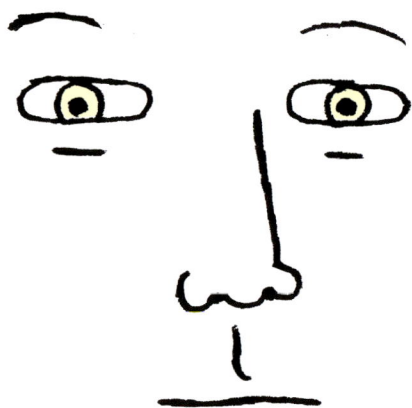

"谁知道呢？"泰迪捻着小胡子说，"我都想不起来，我们为什么要跟那个小孩做朋友。"

然后迈克说："我们即将抵达哈利法克斯机场，请将座椅调到垂直位置，系好安全带，收起小桌板。"

4

在哈利法克斯下飞机后，一阵冷风吹得我直发抖。我甚至能看见自己呼出的白气。真够可以的！我一直盼着夏天，可爸爸妈妈却把我扔到一个像西伯利亚一样寒冷的地方。

我们穿过停机坪，来到一个房间，里面有行李传送带。放行李的旋转履带转了一圈又一圈，可我的箱子一直没出现。没过多久，履带旁边只剩我一个人死死盯着墙壁上那个方形的洞口——箱包出来的地方，希望看到那个唯一能让我想到家的东西。

一个大个子男人从旋转履带旁边的黄色小门挤出来。他穿着蓝色工作服，长着一张扁扁的脸。他说："嘿，孩子，这是你的行李箱吗？"

"应该是的。"我说。这个箱子看起来和我的很像，只不过箱子上面缠着黄色胶带。

"它在货物堆里裂开了，我们只好把它捆起来。"他说。

很好，我心里想，我可没料到，我飞了那么远来到新斯科舍省，是为了让这里的人有机会看到我的内裤。

我向他道了谢，接过箱子。箱子很沉，我拖着它走到出口。就在这时，一辆长长的、闪亮的金色小汽车停了下来。驾驶座上的女人向前趴着，几乎是抱着方向盘。她那又高又尖的鼻子冲着天，这样才不至于撞到方向盘。她就是我的外婆。无论在哪儿，我一眼就能认出这个鼻子。

"我们直接回阿卡尼角。"外婆说，"我希望在机场的时候你已经去过卫生间了，路上我们可没时间停车。我得先把你们俩送回去，下午我还要去打高尔夫。"

"你们俩"指的是我和她的哥哥——厄尔爷爷。爷爷下了车，帮我去拿行李箱。他是一个瘦高个儿的老头儿，穿着一身深绿色的工作服，脚上套着一双黑色的大靴子；一边的袖子卷起来，结实的胳膊上露出一个褪色的锚形刺青。他的嘴里镶着一颗金牙，在阳光的照射下，那颗金牙不时闪着光。我的身高差不多到他的胳膊肘。他似乎在打量我——好好看看，用妈妈的话说。我垂下眼帘，但还是能感觉到他冷冷的目光。我一阵发抖，心里暗想，落到这个奇怪的海盗老头儿手里，他整个夏天都会像看管犯人一样看着我吧。"你今年十二岁，长得也太矮了，哈？"他说。

"呵，从来没人这么说过我。"我说着，爬进后座里。外婆用毛毛虫的爬行速度，把车开到路上。她不说上厕所还好，她一说，我还真想小便，现在已经有点儿憋得慌了。

"听着，小子，"她对我说，"我要告诉你几件关于阿卡尼角的事。那里可比你表面上看起来的热闹多了。"

"哦，那太好啦！"我说。这可是我的真心话。我真希望自己以前的猜测都是错的，希望她告诉我：这里有一个流动马戏团，马戏团里有大象和狒狒；或者，附近有一个夏令营，我可以在那里交到很多朋友，让迈克和泰迪嫉妒我。

"第一，"她说，"你将吃到你从未吃过的最美味的贝类。厄尔爷爷会教你如何捕到那些被当作晚餐的食物。"

厄尔爷爷转过头，又一次久久地打量着我。他脸上有几道很深的皱纹，头顶上覆盖着一层像针一样浓密的灰色短发。他似乎在思考，是要把我留下还是扔回去。

"第二，"外婆一边将车子驶进双向车道，一边接着说。

这时，一阵急促的喇叭声响起。随后，一名司机把手从车
窗里伸出来。"会不会开
车！"外婆大喊道。她
猛打方向盘，把车拐

回自己的车道上。

"丫头，你小心点儿！"厄尔爷爷说着，抓住方向盘。
"丫头"？我简直无法想象厄尔爷爷会这样称呼外婆，因为
外婆真是一点儿女生的样子都没有。

"我只是在并道。"外婆继续强硬地说道，"嗯，我接
着说刚才的话题，你要了解的第三点是……"

"第二点您还没说呢。"我插嘴道。

"艾略特，长辈说话的时候，你不能回嘴。你妈妈没
教过你吗？第三点，你知道阿卡尼角坐落在新斯科舍省最
大的煤层上吗？"她提问的方式，让我觉得自己应该做出吃
惊的表情，可我根本不知道煤层是什么。

"嗯。"我回答。

"没错。"她说，"这个地方价值连城。"

"对某些人来说。"厄尔爷爷补充了一句。

"比如，对布什瓦克煤矿公司来说。"外婆说，"我认识那家公司的老板，他是一条贪婪敛财的毒蛇，那个叫比利·布什的家伙。"她叹了口气，继续说道，"当年我差点儿嫁给他，不过那是很久以前的事了。如果我真和他结了婚，现在会很有钱，也就不会有你了，艾略特。"老实说，我还真是不在乎呢，我在心里说。

"都是政治手段。"厄尔爷爷看着窗外说。他的话好像并不多，这一点我喜欢。接下来，我们没怎么聊天。过了好久，我们来到一个岔路口。阿卡尼角大道沿着一条红棕色的河蜿蜒而下。路上，我们路过了很多小房子；路过了一个伸进河里的码头，码头旁边有彩色的渔船；路过了一家名叫"意义何在"的小杂货店；还路过了一片年代久远、杂草丛生的墓地。小汽车开到山顶上时，我第一次看到了大海。我望向海天相接的地方——那里不只是一片天空，那是我见过的最壮观的景象。

外婆从后视镜里看着我，扬起一边的眉毛。她接着刚才的话题说下去："我想说的是，这么多年来，我一直劝厄尔把那个地方卖给布什瓦克煤矿公司，这样我们就可以得到一大笔钱。从法律上说，那个地方我也拥有一半的产权。他可以放弃捕鱼，搬到镇上，跟城里人住在一起。不管怎么说，捕鱼总是件苦差事，他已经不年轻了。"

"我听到了，丫头，我不会放弃捕鱼的。如果不捕鱼，我还能干什么呢，整天坐在家里看电视吗？"

"当然不是了，你可以出去散散步，拜访一下朋友。"

"在阿卡尼角我也可以散步。况且，我所有的朋友都在这里。"

"你可以结交新朋友嘛。"

"别说了，丫头。"

"艾略特，对于阿卡尼角，很快，你就会有亲身感受啦。也许，等你待上一阵子之后，就能说服厄尔爷爷搬去'更好的地方'生活，比如悉尼，甚至是雷克湖。"

我努力想跟上他们的谈话，可我已经快憋不住了。车子终于开入一条看起来像是私人车道的路，我松了一口气。我瞥见一幢黑白相间的小房子，一辆褪色的淡蓝色皮卡车停在一个没上漆的大谷仓旁边。

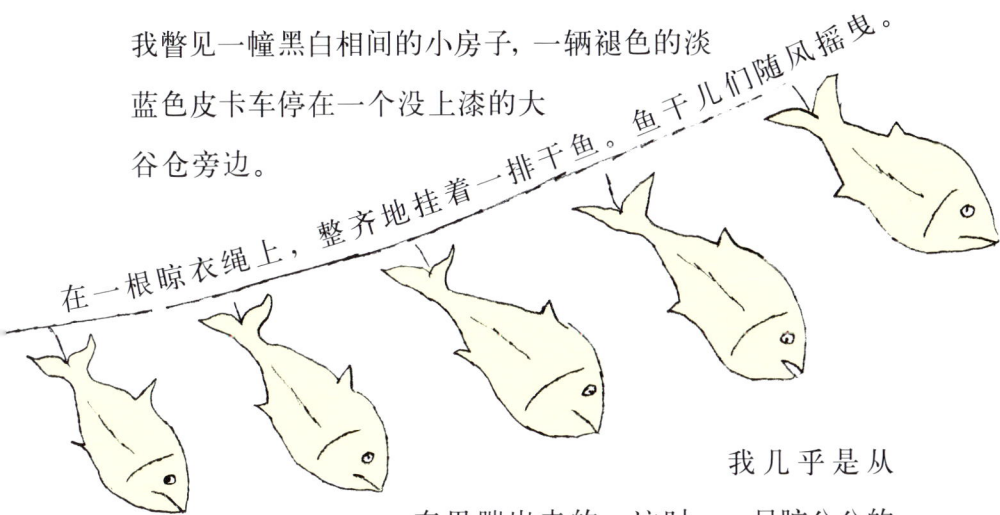

在一根晾衣绳上，整齐地挂着一排干鱼。鱼干儿们随风摇曳。

我几乎是从车里蹦出来的。这时，一只脏兮兮的狗朝我冲过来，开始嗅我的鞋。

"这是开心。"厄尔爷爷说。

"我憋不住了，我要上厕所。"

厄尔爷爷微微皱起眉头,指着一个方向,让我绕到谷仓后面的田野里。在我如释重负地解决问题时,我听到一阵争吵声,但我听不清外婆和厄尔爷爷究竟说了些什么。

我回来时,外婆已经离开了。"我们会经常……见到她吗?"我问厄尔爷爷。

"但愿不会。"厄尔爷爷说。在这一点上,我们俩意见一致。

5

"来，小子，我先带你去你的房间，然后再带你四处转一转，熟悉一下环境。"

我们走上台阶，朝后门廊走去，那里散放着一些捕鱼工具。门廊入口旁边，有一排防水衣和配套的防水帽，都挂在钩子上。防水衣下面，是一排橡胶防水长靴，有黑色的，有绿色的，有大的，也有小的。

"我为你准备了合身的防水衣和长靴。"厄尔爷爷指着那堆外套和靴子说。

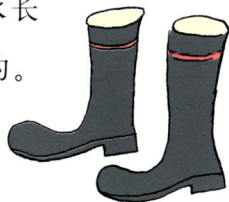

难道我真的要跟这个人一起去大海里捕鱼？这原本只是一个莫名其妙的想法，现在看起来无比真实。

"我妈妈有没有跟您说过，我不太会游泳？"我问。

他嘟囔了几句，但我没听清楚，只好跟着他继续往前走。"从这里穿过去是厨房。我希望你不挑食，因为我不太会做饭，你可别指望我会做出你在雷克湖吃的那些食物。"

"那我只能吃陈面包、喝白开水吗？"

"什么意思？"

"没什么。"

"穿过这里是卧室和洗手间。"他一边侧着脑袋示意我，一边往前走。我们来到一个窄窄的门厅，连接着四扇关着门的房间。他把头往右侧点了一下，说道："把丫头原来的房间给你住。"

房间里有一股霉味，正中间摆着一张大铜床。带流苏的粉色床罩已经褪了色，上面有一排排小白球和小棕球图案。床上方的墙上挂着一张泛黄的照片，照片里的女士戴着一顶宽边遮阳帽，神情看上去很严肃。"照片里的人是你的曾外婆，米妮·珀维斯。"厄尔爷爷说。

我走到床尾，感觉曾外婆锐利的目光一直跟着我，好像在说：

"我知道你是谁，艾略特·沛蒂吗，没用的巴吉吗？"

"你留给我的日番斗不斗。"

厄尔爷爷弯下腰，想把我的箱子放在地上。突然，一阵疼痛向他袭来。他松开手，箱子"啪"的一声掉在地上。"我的背不好。你把东西放好就出来吧。"因为疼痛，他从紧咬的牙缝间挤出这句话。

这个房间里的所有东西看起来既过时又女孩子气，连灯罩上都装饰着粉色的花。我又抬头看向曾外婆珀维斯那张褪了色的照片。她也向下看着我，仿佛在说："我在看着你呢，小子。我在看着你。"

我从箱子里扯出绕成一团的衣服，放进梳妆台的柜子里。我把妈妈装进来的两本书——赫伯特·乔治·威尔斯的《隐身人》和法利·莫厄特的《狼踪》放在床头柜上，把美人鱼浴巾塞进衣柜里。

我回到车道上时，厄尔爷爷和开心正坐在门廊上。我朝小路望去，发现那里有一个跟我年纪差不多大的女孩，身后跟着三个小孩，正朝我们走来。"消息已经传出去了。"厄尔爷爷说，"我和几个邻居的孩子说，你要来这里过暑假。他们肯定是看到丫头的庞蒂亚克车，知道你已经来了。"

那个女孩朝我走过来时，我说："嗨，我是艾略特。"

"嗨，我是玛丽·贝丝。这三个小东西是我的弟弟，蒂姆、米克和弗兰基。我必须照看他们。"她叹了口气说道。

"别摸我，玛丽·比丝。"

"你是谁？"

"错了，是贝丝。"

三个小孩大概到她的腰那么高，看起来差不多一样的年纪，都穿着一样的又破又脏的白色短袖和短裤。他们和玛丽·贝丝一样，都光着脚。玛丽·贝丝有一双棕色的大眼睛和一头长长的栗色头发，身上穿着一件发白的裙子，看起来好像已经洗了好多次。不过，她身上有一种特别的美，一种我从未曾认识到与见识过的美：一种坚毅而非柔软、棱角分明而非圆润饱满的美。

"玛丽·贝丝的爸爸在我的船上帮忙。"厄尔爷爷说，"明天早上你就能看到他——如果明天早上我能让你早起的话。"

"明天就要早起？"我抗议道，"明天可是我假期的第一天！"

玛丽·贝丝仔细审视了我很久。她先是盯着我的鞋，然后慢慢看向我的脸。"他可以和我们一起游泳吗？"她问厄尔爷爷。回答问题之前，厄尔爷爷做了一个长长的深呼吸。

终于，他吐出那口气，神情看上去缓和多了。"可以！带上他，也带上开心，两个小时左右回来，正好赶上吃晚饭。"

开心似乎比我更快地听懂了这些对话。它从台阶上跳下来，开始蹭我的腿。我弯腰拍了拍它，它舔着我的鼻子。

"我先把这几个小怪兽送回家，再回来找你。"说话间，玛丽·贝丝转身离开，身后跟着三个弟弟。

我跑进卧室，拉开抽屉，取出我的蓝色泳衣。我看着从衣柜最底下露出一角的美人鱼浴巾，闭上眼睛，抓起它。离开房间时，我看了一眼曾外婆珀维斯。"您有什么意见吗？"我问那张照片，"我只是去游泳。"

玛丽·贝丝终于回来了，她用胳膊环住我的胳膊，带着我转了一圈。"走这边。"说着，她拉起我往前走。我感觉自己的脸一阵发烫，不过我真希望迈克和泰迪能看到我现在的样子。

"啊，我听说你是从雷克湖过来的。"我们过马路时，她说。

"没错。"我说，"你从阿卡尼角来？"

她"扑哧"一声笑了，"我从没离开过这里……你叫艾略特，是吗？"

"嗯，是的，艾略特·达奥尼西。"我说。

"达奥尼西？怎么会有这种名字？"

"这是一个意大利姓。我爸爸是意大利人，虽然他不会说意大利语，但他的父母都是意大利人。"

"我姓麦吉利维瑞。"她说,"你今年多大了,艾略特?"

"十二岁半。"我说。

"哈,我十三岁。"她说,"我刚满十三岁。看,其他人在那边。"

"其他人?"我问。

"那是杰克·麦克劳德和艾迪·麦克劳德。"她指着两个长得

很相像的浅褐色头发的男孩说,他们俩正费力地从高高的草丛中穿过来。"杰克和艾迪都是好孩子,不过你得当心他们的大哥——唐尼。唐尼喜欢以大欺小,尤其不喜欢什么远方来的'爱大利'孩子。"还有一个男孩跟在麦克劳德兄弟后面,看起来瘦瘦的,长着一头金色的卷发。"那是蒂米·詹金斯。"玛丽·贝丝用下巴示意了一下,摇摇头,"唉,大家都喜欢蒂米,但他反应有点儿慢,你懂我的意思吧?唐尼就喜欢欺负可怜的小蒂米。"

可怜的小蒂米?那我呢?她刚说的"他尤其不喜欢什么远方来的'爱大利'孩子"还在我耳边回响。

"你好，玛丽·贝丝，他是谁？"麦克劳德兄弟中高一点儿的男孩问。

"杰克，这是艾略特·达奥尼西，他好像是个'爱大利人'什么的。"玛丽·贝丝说。三个男孩胳膊下面都夹着卷成一团的浴巾。

"'爱大利人'，呃，唐尼不会喜欢的。"艾迪说。

"我已经告诉他了。"玛丽·贝丝说。

"嗯，先别管那个。"艾迪，麦克劳德家那个小一点儿的男孩说，"天气越来越热了，咱们去桑迪沙滩游泳吧。"

我们沿着一条小路，穿过一座蓝莓园，开心在前面蹦来跳去。接着，我们穿过一块长满灌木和荆棘的田地，来到一片常青树丛。我们的右边是一个大池塘，池水看起来很浑浊。

"千万别去那个污泥池里游泳。"杰克说，"那是挖煤留下的坑，在那里游泳会中毒，我爸爸说的。"

穿过常青树丛之后，我看到了大海。大海是灰绿色的，跟游泳池里的水颜色不一样。海水的颜色让人想到了豌豆汤。

我们路过一小片墓地，墓地上立着二十几块石碑。

"我很快就回来。"玛丽·贝丝钻到一棵树下，去了墓地。我们几个继续往前走，爬上一块高地。"看，这就是桑迪沙滩。"杰克看着下面说。在半圆形的巨大灰色岩石底部，有一小片月牙形的棕色海滩。我们来到岩石下面，其他三个男孩都脱掉衣服，只剩下泳裤。

"嗯，这里有更衣室吗？"我问。

他们哈哈大笑。"更衣室！"蒂米重复一遍，"你以为我们这……这是在哪儿呀？"

"你可以去墓地里的石碑后面换。"杰克说，"不过，你得注意点儿，我猜玛丽·贝丝也在那里换衣服。"

这简直太棒了，我心想。在阿卡尼角，他们拿墓地当更衣室。我爬上刚才的高地，大声吹着口哨。"玛丽·贝丝，你在吗？"

她没有回应我。我找到一块墓碑，躲在后面脱衣服，顺便在墓碑旁小了个便。然后，我穿上泳衣，学着那几个男孩的样子，把衣服卷在浴巾里。接下来，我绕到墓碑正面，看了看上

米妮·珀维斯

卒于1957年1月10日
享年79岁

面刻的字。

天啊！我刚刚在曾外婆的墓碑上小便了。那张泛黄的照片上她的面孔又一次浮现在我的脑海里："我在看着你呢，小子。我在看着你。"

我爬下高地，来到海滩，"来吧，把衣服放下。水温可以。"艾迪说。我踏进水里，水没过了我的脚踝。

"太凉了。"我说。

"过一会儿你就适应了。"杰克说。他们已经游向远处，

还故意把水花溅到其他人身上，开心地大喊大叫。这时候，玛丽·贝丝也出现了，她站在岩石上朝下面喊话。"水温怎么样？"她问。

我加速蹚水向前走，水没过了我的腰。"还可……可以。"我说。

她从岩石上爬下来，也蹚进水里。"可以？简直像冰水啊。"她说，可她一头扎进去，跟同伴们会合去了。

好嘛，我的新朋友全都是半职业型

游泳选手，跟我真的"很搭"啊！

幸好，他们没在海水里待太久，似乎也没注意到我没

再往深处游。我们都把浴巾铺在平一些的石头上。

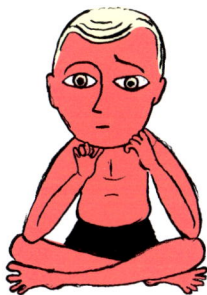

"这条浴巾真漂亮。"玛丽·贝丝说。

"真的吗？"我问，"我可不喜欢粉色，也不喜欢美人鱼。"

"比我的好看多了。"她指着自己的白色小浴巾说。我

仔细看了看她的浴巾，发现浴巾的边缘已经磨损了。我

突然感到自己很不像话，竟然会嫌弃一条浴巾。

我环顾四周，看到其他人都闭上了眼睛，所以我也

把眼睛闭上。过了一会儿，我把右眼睁开一条缝，

又看了看四周。这些孩子看上去自信又放松，和他

们交朋友很容易。也许，这个暑假还是有值得期待的地

方吧。

太阳快要落到海平面上了，蒂米说：

"我们最……最好赶紧走。黑……黑苍蝇马上要出来了，它们会把我们活活吞掉。"他吐字不清，说话慢吞吞的，有些口吃，但没有人嘲笑他。这时，我想起玛丽·贝丝说过，蒂米的反应有点儿慢。

我们收拾妥当，沿着小路往回走。回到蓝莓园的时候，小路分成两条岔路，朝不同的方向延伸开去。

"我们走这边。"杰克说，"暑假期间，我和艾迪会在爸爸的船上帮忙干活。所以，明天早上我们码头见，艾略特。"

我正准备告诉他们，雷克湖的孩子们放假可不干活，却看到他们每个人都用热切的目光看着我，特别是玛丽·贝丝。

"好的。"我说。

"再见！"蒂米开心地冲我挥手。三个男孩向左走，我和玛丽·贝丝向右走。

夜幕降临，幸好有开心在前面带路。它时不时地回头看着我们。"它是我见过的最聪明的小狗之一。"玛丽·贝丝说。

我环顾四周，天已经很黑了，于是，我抬头望向天空。"在雷克湖,我没见过这么多星星。"我说。

"我想,星空的确算是我们这里的特色。"她说,"你肯定会发现我们有些……"

厄尔爷爷的声音从一扇窗户里传出来,打断了她的话,"是你吗,艾略特?"

"是我!"我回答。

"快进来吃晚饭。"他说,"我们明天还要早起。"

就算在昏暗中,我也能感到玛丽·贝丝在打量我。"明天见,艾略特·达奥尼西。"说话间,她已经消失在门前的车道上。

我站在那里多待了一会儿,看着她消失的背影。像玛丽·贝丝这样的女孩,有可能喜欢我这样的男孩吗?其他几个男孩跟她更相似——结实、洒脱。嗯,蒂米不算,他更像我,有些害羞,还有点儿笨笨的。可能玛丽·贝丝对每个人都很好,她并不是真的喜欢我,因为她对蒂米也很好。我收回思绪,听到厨房里有煎食物的吱吱声,闻起来很香。

6

　　"希望你喜欢吃牛舌和洋葱。"厄尔爷爷说。火炉上放着一口很大的黑色铸铁煎锅，里面是一条粉色的牛舌。牛舌表面跟我的舌头表面一样，在厚厚的牛舌根那儿，能看到密布的血管和肌肉组织，那些东西本来是连在牛身上的。我看了直犯恶心，差点儿吐出来。"我……我对舌头过敏。"我赶紧说，还用舌头舔了舔上腭。

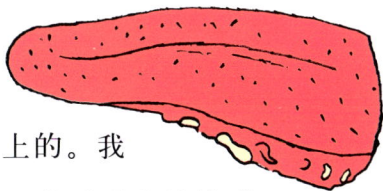

　　"呃，过敏？"他问，"那腌猪蹄怎么样？冰箱里放着一罐新鲜的。我还有一大盒猪头肉冻，如果合你口味的话。"我不知道，也不想知道猪头肉冻是什么。开心跑进来，舔了舔地上的碎肉，然后把头伸到厄尔爷爷的椅子底下，静静地蹲在那里。我鼓起所有的勇气问道："嗯，您有没有烤奶酪三明治或者类似的东西？"

"孩子，想在阿卡尼角活下去，就得学会吃真正的食物。"

谁告诉他我想活下去了？我宁愿死，也不愿吃舌头和蹄子还有猪头肉。可我当时真是饿极了，当我看到厄尔爷爷从墙上的钩子上取下另一口煎锅时，心里充满了感激。他把黄油刀戳进奶油桶，挖了一团奶油放在锅的边缘。"去冷冻

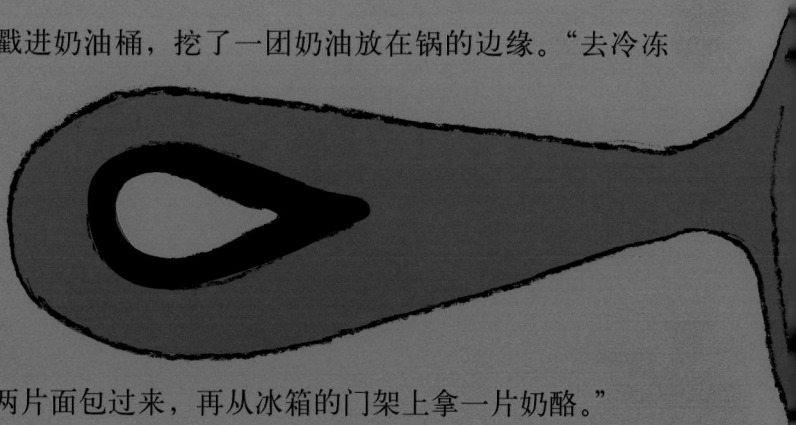

柜里拿两片面包过来，再从冰箱的门架上拿一片奶酪。"

我在冷冻柜里找到三条冻硬的面包，从其中一条上切下两片。我看到冰箱的最上层放着一个装满灰色猪蹄的罐子，强忍住又一阵猛烈袭来的恶心，找到了奶酪片。

我把两样东西递给厄尔爷爷。他把冻硬的面包片放在吱吱作响的奶油上，然后把奶酪片放上去，再用另一片面包盖在上面。

"嗯，我妈妈把
面包放进平底锅里
之前，一般先在上面
涂好黄油。"我说。

"你妈妈很棒。"厄尔爷爷说,"但在阿卡尼角,我们就是这样做烤奶酪三明治的。"

我没说话,思考着是否有别的选择。

"您有番茄酱吗?"我问。

"没有,小子。"

我坐下来,厄尔爷爷把烤奶酪三明治放在我的盘子里。它看上去就像一块木板,因为厄尔爷爷没有把面包边缘的硬皮切掉,也没有把它沿着对角线切成两个三角形——像我妈妈通常做的那样。

他煮了一壶茶,"要加牛奶和糖吗?"

"好的,谢谢。"我说。

他把茶倒进两个精致的杯子里,杯子上有豁口和污渍。

然后，他往每个杯子里加了满满两勺糖和一些罐装炼乳。我尝了一口热茶，味道很甜，可奶味却怪怪的。

"吃。"说着，他从自己的盘子里切了一块牛舌。他用叉子把那块灰色的肉摊平，用刀在上面撒了一堆煎洋葱。当他把那团恶心的东西放进嘴里时，我闭上眼睛，吃了一小口烤奶酪三明治。三明治吃起来寡淡无味。我慢慢嚼，吞下去，又咬了一小口。

我的心思肯定全都写在脸上了。"打起精神来，小子。明天晚上咱们有特别的东西吃。"他咧嘴笑着说。

特别的东西？听起来很可怕。

7

第二天早晨是从半夜开始的。我睡得正香，有人来敲我的房门。

"快起床，小子。再睡，这一天就要浪费掉了。"

我睁开一只眼睛，想装死——在家的时候，只要我装死，妈妈就会来挠我，直到我忍不住笑出声。但我可不想冒险，让厄尔爷爷对我做同样的事。

"好的，爷爷。"我大声回应，好让他听见。

我伸了一分钟懒腰，然后才把被子从床上掀开。我的脚刚触到油毡地面，就感觉像是踩在冰面上，腿上起了一层密密麻麻的鸡皮疙瘩。天气很冷，我脱掉睡衣，换上毛衣和裤子的时候，都能看见自己呼出的白色雾气。

我睡眼惺忪地来到厨房，看到厄尔爷爷正在煎咸肉和薯条。他指着烤面包机说："把那片面包取出来，涂上黄油，另外再放进去两片。鸡蛋你想怎么吃？"

"炒着吃。"早餐很丰盛，比烤奶酪三明治强多了。不过，牛奶的味道还是很奇怪，也没有番茄酱搭配我的炒蛋。

"我带了火腿三明治和苹果，作为今天的午餐。你吃火腿吧？"

我们来到门厅，厄尔爷爷指着一双绿色的长靴。"这双靴子你穿应该合适，再穿上这套粗布工作服，还有那身小点儿的防水衣。"说着，他指向一件深黄色的外套，看着像是用橡胶做的。我把自己套进粗布工作服里，但衣服实在太大了。

"别傻站在那儿，小子，卷起袖子呀。"他上下打量着我，脸上是一副怪异的表情，仿佛他以前从没见过这么凄惨的景象。

我们穿戴好之后，离开门廊，朝皮卡车走去。此时，外面还是漆黑一片。"几点了？"我问。

"五点三十五。"他低头看了一眼手表，说道，"我们晚了。"晚？我这辈子从来没起过这么早。

厄尔爷爷把两卷粗绳扔进皮卡车的车箱里。我感觉他打算用同样的方法处理我。

"爬进来。"他说。开心比我先上车，它坐在中间的位置。

随着皮卡车的前车灯照亮前方，浓雾像一张地毯一样贴在蜿蜒的小路上。而我们的车也沿着起伏的山路，在浓雾里穿行。

"这么大的雾，您怎么能看得见路呢？"我问，心里期望他的开车技术会比外婆好一些。

"我对这条路了如指掌。"厄尔爷爷说。不过，每隔几秒钟，我们就会撞到路边的界石上。这时，厄尔爷爷就猛地一打方向盘，把车开回正路上。

我几乎已经看到雷克湖报纸的头条新闻：

雷克湖
观察者报
特刊　　　　　　　　　　　　定价
10分

本地男孩艾略特·达奥尼西在一起皮卡车事故中，不幸与一只脏狗和一名怪老头儿一同丧生

艾略特·达奥尼西生前最后一张照片

雷克湖市为最后一名荣耀之子的逝去而落泪

"他曾经来过这里，现在他走了。"在艾略特·达奥尼西的葬礼上，一位不知名的人士说。"他是雷克湖最后的荣耀之子。"另一位不愿透露姓名的目击者称。所有人都认为，他在短短一生中最巅峰的时刻离开。他的死极为可疑。

数学老师称，艾略特仍然活在平行空间里

埃布尔先生——艾略特的数学老师，在雷克湖一所小学任教。他声称，艾略特给他托梦，告诉他，自己在一个平行空间里活得很好。"那里也有一片雷克湖，"艾略特说，"别担心我。我喜欢这里，因为这边没有姐姐，爸爸妈妈对我也比以前好出太多。"

"他还告诉我，那个空间没有薯片。所以，我正在研制一种机器，打算通过真空送一两包过去。"埃布尔先生说。

雷克湖举城震惊，沉痛悼念这位最优秀的市民。四面八方的人们纷纷写来慰问信。"我们会一直怀念他。"其中一封信这样写道。

质询父母：他们为什么要把孩子送走？

有关艾略特逝世的情况，警方正在询问达奥尼西夫妇。其中一个问题是，这对夫妇为什么要在唯一的儿子结束小学生涯后，立刻把他送到这个国家最偏远的地方去。"我的意思是，这不合情理。"警察局局长安德鲁说。"这个孩子盼了整整一年，要和朋友们一起在雷克湖过暑假。可他们'嗖'的一下，就把他送到了阿卡巴角。这个地名听起来就很危险。"

迈克和泰迪声称，他们将拥有艾略特全部的漫画书藏品

迈克和泰迪——逝世男孩的邻居，声称艾略特在前往阿卡巴角之前曾告诉他们，万一自己发生意外，他们可以拥有他的全部漫画书藏品。"藏品里有几本非常珍稀的品类，我们希望把它们交给正确的人。"警察局局长安德鲁说。

弟弟尸骨未寒，姐姐琼就住进了他的房间

有消息透露，琼·达奥尼西——逝世男孩的姐姐，在弟弟去世没几天之后就搬进了他的房间。琼的前男友哈罗德补充道："她甚至没等到弟弟的棺木下葬。"有传言称，艾略特的吉他被登报出售。

"一个悲伤的日子……"福特市长称

"他的逝世……请再说一遍那个孩子的名字？哦，对，艾略特。艾略特逝世的日子，是雷克湖市值得纪念的一个悲伤的日子。"福特市长说。"我要用毕生的精力，抓捕凶手。"他补充道。

~ 46 ~

终于，我们到了码头。码头上，两根木头柱的顶端亮着两盏黄色大灯泡，照亮了整个码头。这个码头是L形的，码头两侧泊着二十几艘渔船。

码头的入口附近，有大约与渔船数量相同的一些小木棚——有些涂着鲜艳的油漆，有些已经褪色了，看起来破败不堪。厄尔爷爷从自己的防水衣里掏出一把钥匙，打开其中一个看起来还算整洁的木棚。这间木棚被刷成白色，四周带有黑色边框。他刚把门拉开，一股令人作呕的臭味便扑鼻而来。我一阵反胃，感觉有酸水涌进嘴里。

"这是我们的鱼饵棚。"厄尔爷爷说着，挥手招呼我进去，"干活吧。"

木棚里有一个木槽，里面装满了腐烂了一半的小鱼。成千上万只白色的蛆虫在腐烂的肉块周围爬来爬去。

厄尔爷爷轻声笑着说："这是正在腐烂的马鲛鱼，小子。龙虾是底层食泥动物，它们喜欢这些，越臭越好。我先拿一些去船上，你再往那些桶里装些鱼饵。用鱼叉装，小子。开始干活！"

我的右侧墙边靠着一把旧鱼叉，左边有三个带铁柄的大白桶。我把毛衣领口往上拉了拉，捂住鼻子，屏住呼吸。可我一拿起鱼叉，毛衣领又掉下去了。我深吸一口气，胃里直犯恶心，赶紧往门口跑。

我琢磨着厄尔爷爷有没有可能把车钥匙落在皮卡车上，可随即想起自己根本不会开车。既然无路可逃，那只好在自己被腐烂味熏死之前快点儿干完活。所以，我又冲回木棚里。

我把鱼叉戳进那堆烂鱼里，铲起第一坨，装进一个大白桶里。我停下来好几次，努力憋住气，终于用那些恶心的东西把三个桶都装满了。

我转过身，眼角的余光好像瞥到什么东西在动。原来，一个矮胖的男人站在门口，半个身子缩在阴影里。他穿着一件防水衣，但他的肚子太大了，衣服前面的扣子根本扣不上。他的衣袖有点儿长，遮住了手腕，我只能看见他那香肠一样又粗又短的手指头。他的鼻子又红又大，一缕卷曲的黑色头发平摊在肥胖的脑袋顶上。

"你就是艾略特喽？"他说。

"是的，先生。"我回答。

"你认识我的女儿玛丽·贝丝？"他说。他的嘴里嚼着一个挺大的东西，说话时像是含着一块石头似的。

"是的，先生。"我回答，"昨天我见到她了。"

"你昨天和她一起去桑迪海滩游泳了，是吗？"他问。

"是的，先生。"

他停顿了好一会儿，又说道："我了解我的女儿。我想，她可能会对你有好感，艾略特。所以你给我仔细听好了，如果你想好好活着，在我女儿身边时就给我小心点儿，听懂了吗？"

"好的，先生。"我回答。我很高兴听到他说，玛丽·贝丝可能会喜欢我。但我也知道，爸爸们通常并不是真的了解他们的孩子。对了，他说的"小心点儿"是什么意思？

"很好。我叫德莫特，你可以叫我麦吉利维瑞先生。"

然后，他用手指在嘴里搅了搅，吐出一大团黄色的烟叶渣。

烟叶渣刚好落在我的靴子旁边，我向下看了一眼，那简直比那些蠕动的蛆虫还要恶心。

"现在，我提两桶鱼饵去船上，你提剩下那桶。"说着，他朝一个桶走去，肥胖的脑袋朝另一只桶歪了一下。

厄尔爷爷的船叫"尼托号"，比别的船要小一点儿，但里面干净整洁。我顺着木梯慢慢爬下去，小心翼翼地站在甲板上。旁边的船上很热闹，人们码好捕笼，高喊着口令，发动机发出低沉的轰鸣声。透过薄雾，我能看到杰克和艾迪在一艘红白相间的船上干活。我朝他们挥了挥手，可他们没看见我。

"艾略特，爬上去把缆绳解开。"厄尔爷爷吩咐道。

"谁，我吗？"我问。

"快上去，小子！"他说。我听从指令，手脚并用地爬上去，向下望去。

"解开绳子。"厄尔爷爷大声喊道，"把绳子的一头从第一个结里穿回去，然后用力一拉。"我解不开。厄尔爷爷叹了口气，低声说了句什么。麦吉利维瑞先生爬上来，从我手里夺过绳子，几秒钟就把两条缆绳全都解开了。

"上船。"厄尔爷爷说。他在驾驶舱里坐好，摇了摇手柄，启动发动机。发动机"哼哧"了两声，像是在痛苦地抱怨。最后，终于咆哮着醒来。我跟着麦吉利维瑞先生爬下梯子。我们俩刚一回到"尼托号"上，船就开动了。

我为什么不躺在床上装死呢？说不定厄尔爷爷会相信呢。就算被他挠痒痒，也比大清早在这里活受罪要强。

厄尔爷爷转动手柄，让"尼托号"朝开阔的水域驶去。船开始加速。这时，天边出现了一抹橙色的朝霞。

"船至少要开四十五分钟才能到达放捕笼的地方。你怎么舒服怎么来就行。"厄尔爷爷说着，用袖子擦掉驾驶舱窗台上的露珠。我的胃里又泛起一阵熟悉的恶心。

"我能去前甲板上看海吗？"我问。

"你随意。"厄尔爷爷说。

我小心翼翼地沿着驾驶舱外面一步一步挪到船头。我牢牢地抓住船板，趴下来，脑袋朝船头下面看去。开心也学着我的样子。从船最前端的这个位置望下去，水面被"尼托号"划破之前的瞬间，是像死一般的平静。

我透过绿色的海水，看到海底满是石头。我还瞥见一条菱形的鳐鱼在石块间穿梭。再往前一些，我想我看到了一艘沉没的捕虾船的残骸。

海面没那么平静了，我的海底之窗慢慢消失了。我爬回去，和厄尔爷爷一起待在驾驶舱里。"您为什么给这艘船起名叫'尼托号'？"我问。

　　"为什么不行呢？"他回答。我想，这句话他肯定已经重复过好多次了。"好吧，你的中间名叫什么？"他问。

　　"安东尼。"我叹着气说。我讨厌这个名字，在雷克湖上学时，我从没把这个名字告诉任何人。

　　"好，尼托反过来念是什么？"他问。

　　"托尼。"我说。我满腹狐疑地抬头看向他。

　　"很好，那托尼又是哪个名字的缩写呢？"

　　"安东尼。"我慢吞吞地说，"您的意思是，'尼托号'是用我的名字命名的？"我简直不敢相信，难道他们甚至在我还没出生的时候，就计划好要送我来这里，来这艘船上？也许我的整个人生都已经被提前计划好了。也许，我再也不能做自己喜欢的事了。我看着厄尔爷爷。他注意到我脸上惊恐的神情，表情从得意的微笑变成了恼怒。

　　"用你的名字命名？"他说，"在你出生前后，我提取了这艘船。我是用我最喜欢的外甥女的儿子的名字为它命名的。那时候我还不认识你呢。"我能听出他语气里讽刺的意味。

"是呀，您现在也不认识我啊，怪老头儿。"我心想。

"你先回前面去吧，我还有事要做。"他气呼呼地说道。

从好的一面来看，如果这艘船沉了，我最后的葬身之地，至少写着我的名字，虽然我讨厌这个名字，而且还是倒着写的。

8

"我们的第一个捕笼在那儿，德莫特。"厄尔爷爷大声喊道。他让引擎空转着，继续说道，"拿手钩。"麦吉利维瑞先生用手钩钩住浮标。手钩是一种捕鱼工具，有长长的木柄，木柄末端是一个大钩子。开心兴奋地狂叫起来。

此刻，晨雾已经散去，水面上映照出阴沉的天空的颜色——像鬼魂似的灰色。

麦吉利维瑞先生把木头浮标拉上来，让它"砰"的一声落到甲板上。他把绳子绕在一个大铁轴上，开始转动一个手摇杆。伴随着"咯吱咯吱"的齿轮摩擦声，绳子一圈一圈地往铁轴上绕。我靠在船边，希望在捕笼还没升到水面的时候，就能看它一眼。

"这水有多深？"我问厄尔爷爷。

"现在这里吗？大概三十英寻吧。"他回答。

"一英寻有多深？"我问。

"你们雷克湖就没有学校吗？"他咆哮道，"一英寻大概有我这么深。"

我努力想象着三十个厄尔爷爷叠罗汉的样子，觉得三十个实在是太深了。

"你的任务，小子，是用这些绑住虾钳。"他指着一个旧咖啡罐说。罐子里装满了粗粗的蓝色橡皮筋。"这样，等龙虾装箱的时候，"他又指着驾驶舱后面的大木头箱子，"它们就不会伤害到彼此。等我们去公共码头称重的时候，处理起来也方便一些。"第一个捕笼里，只有一只龙虾。它是棕绿色的，看起来简直就像从恐怖电影里跑出来的怪兽。

麦吉利维瑞先生走进来，把龙虾交给厄尔爷爷。"我示范给你看，小子。先用你的左手捏住龙虾脑袋后面这里，这样它就不能用钳子夹你了；接着，把龙虾的钳子捏紧，拿出一根橡皮筋，用橡皮筋绑住它的钳子；然后，再用同样的方法绑住小点儿的那只钳子。绑好之后，再把龙虾轻轻地放进箱子里。在我们到达下一个捕笼之前，你要把它们都绑好。明白了吗？"

"应该明白了。"我说。我默默祈祷，他们再也捕不到任何东西。

麦吉利维瑞先生用鼻孔轻蔑地哼了一声，说道："你最好绑牢点儿，要不然，你可能会丢掉一两根手指头。"为了加强语气，他靠到船边，捏住两个鼻孔，使劲儿一哼，一大坨绿色的浓鼻涕喷出来，掉进水里。开心用后腿站着，两条前腿搭在船舷上，伸着脑袋去看那坨漂浮在水面上的绿鼻涕。

我想，如果麦吉利维瑞先生生活在海里，他一定是底层食泥动物。

只见他从一个桶里抓了一大把烂饵，扔进捕笼里。接着，他把捕笼扔回海里，用手托住绳子，让它慢慢往下滑，直到笼子重新落到海底。他用力把浮标扔出去，让它远离"尼托号"的螺旋桨。

厄尔爷爷踩下油门，转动舵柄，船便朝下一个浮标驶去了。

捕笼都安置在一条直线上。两个浮标之间的距离尽量远，但又不会远到让人看不见下一个在哪儿。

捞起第二个捕笼
后，麦吉利维瑞先生
把一只龙虾
递给我，
但我不小心
把它掉在了
甲板上。

他使劲儿
抓住
我的胳膊
用力捏。
我疼得
大喊
大叫。

"德莫特，放开孩子。"厄尔爷爷说，"你在干什么？"

"哦，我没想弄疼他。"他说。可我的胳膊真的很痛。处理接下来的捕笼时，我又把一只龙虾掉进了海里。麦吉利维瑞先生大吼一声，看着厄尔爷爷。

"休息一下，小子。"厄尔爷爷说。

我跌跌撞撞地走到船头，坐在小长凳上。厄尔爷爷和麦吉利维瑞先生继续干活。从船舷上方，我能看到远方的海岸线，还有隐隐约约的青山的轮廓。我暗暗想，如果以前上游泳课时我能多用点儿心该有多好。

他们清理完两条线上的捕笼后，厄尔爷爷关掉引擎，取出午饭。他递给我一个三明治，又从热水壶里倒出一杯加了糖和牛奶的茶。我尝了一口，这次我有点儿喜欢上这种味道了。可能我已经开始习惯这种食物，也可能只是因为太饿了。

"明天你可以再试一下，小子。"

他们收完第三条和最后

厄尔爷爷说，"幸运的话，在暑假结束之前，你就可以自己拉捕笼、放鱼饵了。"我揉着疼痛的胳膊，心想，要是幸运的话，在学会那些之前，我就能离开这群疯子。

一条线上的捕笼后，大木箱里已经装满了龙虾。

最后一项工作是把一条很长的鱼线拖进船里，厄尔爷爷在鱼线上用不同的黑白浮标做了标记。鱼线上的钩子很大，每隔一米左右就有一个。大多数钩子上都钓着鲭鱼，还有一些钩子上的鱼样子看起来很奇怪，比如鳐鱼和岩鱼。其中一个钩子上还挂着一条狗鲨——一种小型鲨鱼。

不管抓住什么鱼，他们都使劲儿敲打鱼的脑袋，然后把鱼切碎，扔进一个桶里。接着，他们在每个钩子上重新装上一小块新鲜的鱼肉做鱼饵，再把鱼线放回去，一个钩子接一个钩子地放。干完所有工作后，我们载着满满三桶新鲜的鱼饵和一大箱龙虾，驶向码头。

此时，天空湛蓝，倒映在波浪起伏的海面上。天气渐渐热起来，我脱下防水衣当枕头，躺在小长凳旁边的甲板上。开心趴在我身边，把脑袋枕在我的肚子上。我猜，它也为我感到悲伤。

我迷迷糊糊，仿佛睡着了。突然，我一抬眼，发现厄尔爷爷正向下打量着我。他的脸映在驾驶舱的玻璃上，仿佛被放进相框里似的。他长得酷似他的母亲，脸上有一副"我在看着你呢，小子"的表情。如果他们不满意我的表现，可以直接把我送回雷克湖嘛。迈克和泰迪肯定会同意我的做法——对付一只活龙虾，唯一明智的做法就是把它扔掉。

下午大约两点半的时候，我们回到阿卡尼角码头，玛丽·贝丝和蒂米已经在那里等我了。"抓到不少吧？"玛丽·贝丝朝她的爸爸喊道。

"满满一箱。"麦吉利维瑞先生说。

接着，玛丽·贝丝转向我，说道："杰克和艾迪马上就干完活儿了，他们一会儿就来。跟我们一起去游泳吧，艾略特？"

我看着厄尔爷爷，他说："去吧，我们这里至少还得半个小时才能结束。你先去吧。"

"可我没带泳衣和浴巾呀。"我说。

"那你干脆穿着短裤游好了，小子。今天这样的天气，不需要浴巾。"

"我们会送他回去的，珀维斯先生。"玛丽·贝丝说。

"这再好不过了！"厄尔爷爷说。"开心，你和艾略特一起去。"他又加了一句，还帮那只大狗爬上码头的梯子。

我们走到一片没有泊船的地方，跟杰克和艾迪会合。杰克第一个跳下水。他在空中划出一道优美的弧线，进水的时候几乎没有溅起水花。很快，玛丽·贝丝、艾迪和蒂米也跟着下水了。

"来吧，艾略特！"杰克大声喊道。我向下看去。从码头到水面足足有四米的距离。我从来没有在这么高的地方跳过水。在地面上我也从没跳过那么远。虽然不想被那群孩子小瞧，可我知道自己做不到。而且，我的胳膊还在隐隐作痛。

"我要踩着梯子下去。"说着，我脱下防水服、靴子、毛衣和T恤。"我妈妈说，如果不知道水有多深，千万不能往下跳。"

"足有两英寻深。"玛丽·贝丝说。

我想，原来有两个厄尔爷爷那么深，但我假装什么也没听到。

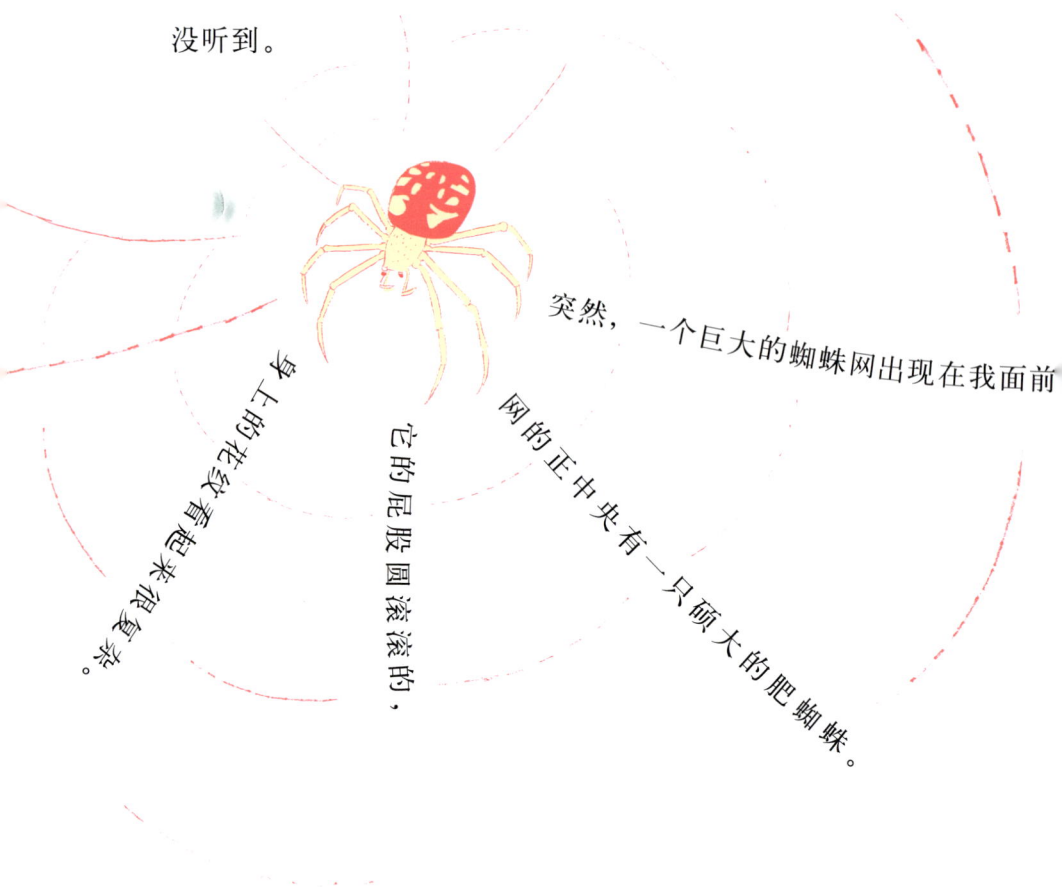

突然，一个巨大的蜘蛛网出现在我面前，网的正中央有一只硕大的肥蜘蛛。它的屁股圆滚滚的，身上的花纹看起来很复杂。

太可怕了——我尖叫一声，跳进水里。等我冒出水面时，我在冰冷的海水里冻得牙齿直打架。我浑身发抖，开始用狗刨的姿势绕着小圈游。玛丽·贝丝游过来，问道："你还好吧，艾略特？"

"很冷。"我说。

"一会儿你就习惯了。"她笑着说道，"来吧，我们要游到'路易莎小姐号'那里。"她指着大约八十米开外的地方，那里有一艘沉了一半的捕虾船。

还没等我回答，他们四个就朝小船游去。我想，我这样狗刨可刨不了那么远，我只好待在原地。这时我又想，有那只肥蜘蛛挡道，我没办法回到码头上了。我看到十米开外的地方还有一个梯子，就朝那边游去。我顺着梯子爬上码头，坐在那里，双腿垂在岸边，看着那帮家伙欢快地游向'路易莎小姐号'，连蒂米也游得毫不费力。我敢肯定，他们肯定觉得我是世界上最大的幼稚宝宝。开心蜷缩在我身边。

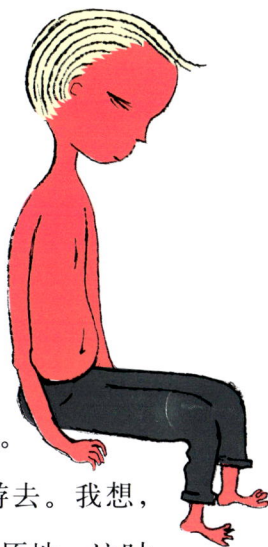

麦吉利维瑞先生提着满满两桶鱼饵走过来。"怎么了，

艾略特，不会游泳吗？你到底会什么呀？"我不知道要不要回敬他，我心里的答案是，我知道怎么擤鼻涕。

他放下桶，双手在嘴边环成喇叭状，大声喊道："玛丽·贝丝，你给我回家干活去。我去镇上一趟，你最好在我到家之前回去。"

过了几分钟，厄尔爷爷走过来，对我说道："我准备把你的东西带回去，小子，要不要给你留下靴子和袜子？"我回头审视着其他孩子脱下的那堆衣物，里面没有靴子，也没有袜子。

"带走吧。"我说。

"六点半之前回家吃晚饭。记得啊，今天我们有特别的好东西吃。"他拿起我的衣物，离开了。

很好，我心想，是腌猪脑吗？我的眼泪不由得涌上眼眶。这和我原本期望的假期生活真是天壤之别。我天生富有想象力，我的老师亚伯先生曾给我写过评语："艾略特·达奥尼西有着丰富的、有些黑暗的想象力。"我的爸爸妈妈不相信这些评价是赞扬我。但我、迈克和泰迪都认为这是最好的称赞。我在想，既然真实的生活远比想象的还要黑暗，那么我有黑暗的想象力又有什么用呢？

一滴眼泪差点儿从我的脸颊上滚落下来，我赶紧把它擦掉。

我抽了抽鼻子，

吸进一点儿空气，
然后紧紧地抿住双唇。

我在和自己赌气，也在和所有人赌气。

9

那几个孩子游完泳后，回到码头跟我会合。玛丽·贝丝凑到我跟前，距离近到我都能数清她鼻梁上的雀斑。"你没事吧？"她问。我猜，她可能看出我刚才哭过。

"当然没事。"我说。

"你真应该和我们一起游到'路易莎小姐号'那里！"

"我的腿抽筋了。"我撒了个谎。

玛丽·贝丝把双手搭在我的肩膀上，然后侧过头。"那就下次吧。"她说。我们注视着彼此的眼睛，可能只有一两秒钟吧，但感觉像是持续了几个小时。我受不了这种凝视，赶紧低下头。

这时，我才注意到玛丽·贝丝的胳膊上有一大块淤青。"这是你刚才去'路易莎小姐号'时碰的吗？"我问。

"我不记得了。"她说，"关你什么事？"她眯起眼睛，把手从我的肩头抽掉。她似乎生气了，但我不知道我说错了哪句话惹她生气了。我们默默地穿上衣服。

"这里离厄尔爷爷家有多远？"我问。

"大概五六公里吧，我猜。"杰克说，"回去的路上，我们可以在蒂米家的商店里休息一下。"

"你不是要回去干活吗？"我问玛丽·贝丝。

"晚上八点之前我爸爸是不会回来的。"她说，"而且，妈妈会帮我瞒过去的。"

我们离开码头，走在马路上，开心把我推到路边。我猜，它是想保护我，让我远离过往的车辆。可我们都光着脚，路边的小石头很硌脚，每走一步我都得挑平坦一点儿的地方。而那四个阿卡尼角的孩子走起路来，就好像脚下自带皮鞋底似的。玛丽·贝丝回头对我说："没关系，艾略特，你会习惯的。"不管我遇到什么事，她都这样说！一路上我们停下来几次，有时是去抓蚂蚱，有时只是在路边的草丛里仔细地挑选一种长长的草叶子，衔在嘴里。

杰克和玛丽·贝丝指着沿路的每一幢房子，告诉我谁住在哪一幢。艾迪和蒂米会补充一些细节，比如"他们家去年买了一辆新卡车"或者"帕特森先生在矿上工作"。
杰克看到一辆绿色的皮卡车开过来，开始冲它挥手。

"那是老吉福德小姐，"杰克说，"她可以捎我们一程。"皮卡车停下来，杰克大声说："您能把我们捎到'意义何在'商店吗？"老吉福德小姐还没来得及回答，四个孩子就手脚麻利地跳进车斗里。开心跨过后挡板，也跳了进去。"上来，艾略特。"杰克说。

我爬到踏脚板上，腿刚抬到车斗边，皮卡车就因为猛的一脚油门朝前开走了。玛丽·贝丝抓住我的胳膊，把我拉了进去。我跟艾迪、蒂米和开心一起，坐在靠近驾驶室的一边。玛丽·贝丝和杰克靠在后挡板上。这可比在石子路上走舒服多了。

没过几分钟，皮卡车驶离马路，停了下来。我们跳下车，冲老吉福德小姐挥手道谢。

这时，我看到一个高高的大男

孩倚在商店的门框上。他面色苍白，身穿一件深绿色的无袖T恤，看上去十六七岁的样子。他眯缝着眼睛，看到我们后，弹了弹手中的烟灰。

"哎呀，"玛丽·贝丝说，"我就怕这个！那个人是唐尼，杰克和艾迪的哥哥。"

"我来对付他。"杰克说，"这个暑假爸爸不让他上船干活，他心里有些不服气。嗨，唐尼！"他大声喊道，"这是艾略特！"

"他就是那个意大利佬了。"杰克的哥哥冷笑着说。

"你认识他之后，就会知道他是个好孩子。"

"见鬼，我为什么要认识那个小混蛋？"

开心发出低沉的吼叫声，露出尖牙。我又开始感觉胃不舒服。天哪，继刚才哭过之后，难道现在我还要吐吗？

"别担心。"玛丽·贝丝在我旁边悄声说，"你就从他身边走过去，到商店里去。我会保护你。"我真希望其他孩子没听见玛丽·贝丝的话。哪怕在雷克湖，让一个女孩来保护我不受霸凌，也是一件让人难以启齿的事。

"可他为什么不喜欢我呢？"我悄声问。

"他恨任何新来的人和与众不同的人。"她说，"他不像我，我喜欢各种各样的人。”

蒂米先进去，说道：“我爸爸不……不喜欢你在我家的商店附近晃悠。”

唐尼噘起嘴唇，模仿着蒂米的口吻说道：“让你爸爸滚……滚蛋。告诉他，如果他有什么话，自己来和我说，别派他的结……结巴傻儿子来。”

我们开始在唐尼犀利的目光下，一个挨一个走向商店门口。我排在倒数第二个，玛丽·贝丝殿后。轮到我进去的时候，唐尼挡住了我的去路。这时，开心突然咬住他的裤腿，他赶紧移开胳膊。我趁机迅速进了商店。玛丽·贝丝跟在我后面。她压低声音，生气地对唐尼说了些什么，我没听到。

唐尼大声吼道：“我们走着瞧！”玛丽·贝丝从他身边走过时，脸上露出讥讽的笑容。开心跟在她旁边。

“你和他说了什么？”我小声问她。

她偷偷地笑了，说道：“我只是警告他，如果他不赶紧滚开，我就要在他的脸上狠狠来一拳，比上次还要厉害。我可不怕他！”玛丽·贝丝接着说，“有一次，他使劲把我推到一条沟里，我的头撞在石头上，流了很多血。

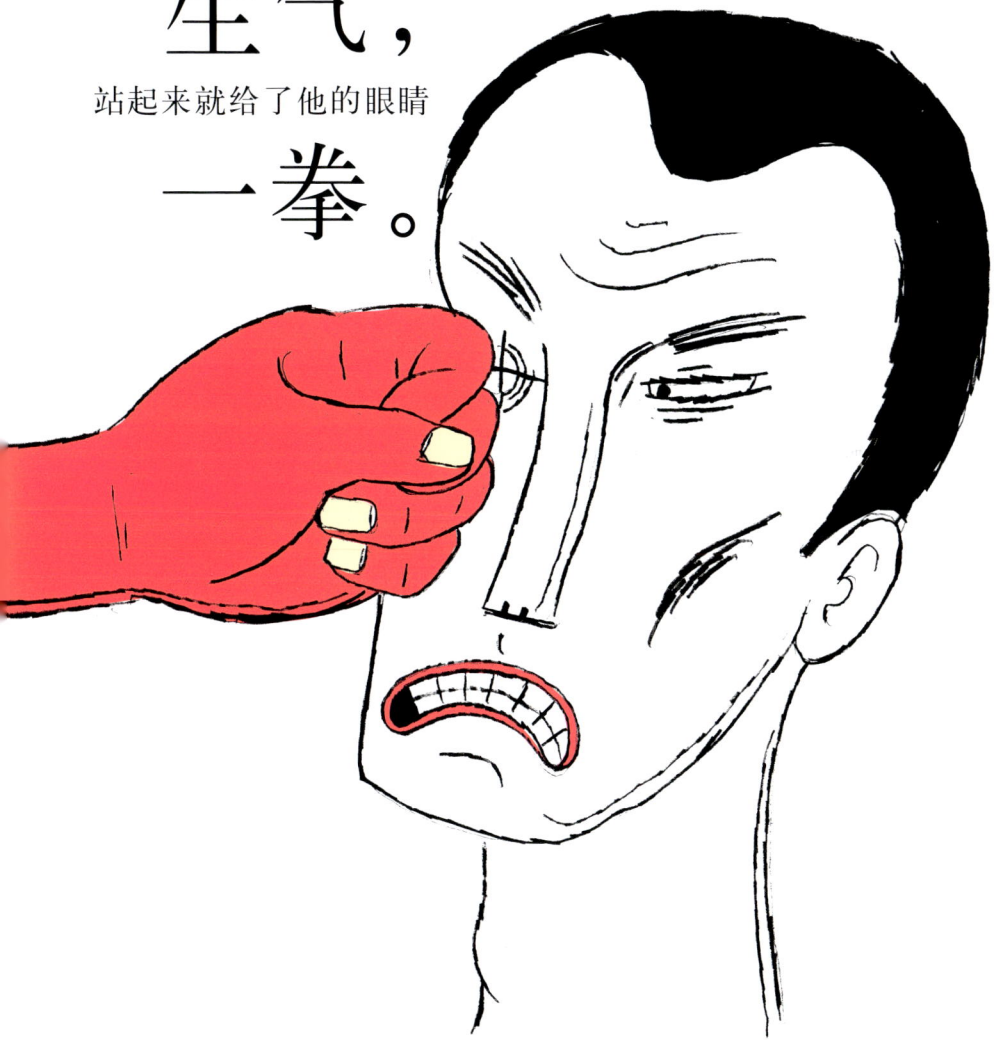

我当时特别

生气，

站起来就给了他的眼睛

一拳。

从那以后，他就不敢惹我了。"说话时她一直在笑，可我却担心，这只会让唐尼更加恼火。

"意义何在"地方不大，光线昏暗，两只裸灯泡吊在天花板上。看样子，天花板已经刷过很多遍漆。柜台对面是一排木头架子，架子上空荡荡的，只有几大包面粉和燕麦粉。柜台后面靠墙摆着的架子上堆着各式各样的烟草和糖果。一个漂亮的小女孩站在柜台后面。她留着一头长长的金发，穿着一件蓝色连衣裙。我觉得，她跟我年纪差不多。我从没想过，一个像我这么大的孩子可以照看一家商店。她朝我们走过来，眼睛望向我，说道："嗨，你就是艾略特吧？我听蒂米说了好多关于你的事。你就是那个从远方来的炫酷新朋友吗？我是他的姐姐，彭妮。"

我觉得自己并不太了解蒂米，不过，得知他认为我炫酷，感觉还是很好。我转过身，冲蒂米笑了，可他却只顾低头看自己的脚丫，踢着地板。

"嗨！"我说，我决定用离家之前妈妈塞进我口袋里的二十元请朋友们吃东西，"可以给我拿五包那种小袋薯条吗⋯⋯嗯，还有，你们有什么样的口香糖？"

"哦⋯⋯哦，要黑⋯⋯黑猫牌的。"蒂米说，"拿那个，那个牌子的最……最好吃。"

"五个黑猫牌口香糖。"我说。彭妮拿出一支用秃了的铅笔在一叠横格纸上算账。

"一共是一元三十九分。"我把手伸进口袋,然后把湿乎乎的一团二十元纸币搁在柜台上。她花了好几秒钟才把纸币摊开。然后,她拿着纸币在空中挥舞了几下,都没问我钱为什么是湿的,好像司空见惯一样。"找你十八元六十一分。"她笑着说。

"谢谢。"我也微笑着回应她,然后把她递给我的厚厚一沓纸币塞进口袋,再把硬币放在另一个口袋里。然后,她拿了五袋薯条和五个黑猫牌口香糖,放在商店后面一个角落的桌子上。我把东西分给大家。

"谢谢!"大家挨个向我道谢。

"不客气!"我学着妈妈在这种情况下的样子说话。

我发现唐尼已经不在门口了,但我猜他应该还在门外。我有点儿害怕,不过开心、玛丽·贝丝,还有其他孩子都站在我这边,我感觉还算安全。

我们把薯片包装袋撕开。"这薯片真好吃!"我说。它们薄薄的,脆脆的,味道非常鲜美。

玛丽·贝丝吃完薯片，又去柜台前要了一瓶樱桃味的汽水。彭妮弯下腰，打开柜台下面的一个小冰柜。她把瓶子转过来，竖直瓶身，打开瓶盖，然后"砰"的一声把瓶子放在柜台上，动作一气呵成。

　　玛丽·贝丝抓了一把零钱拍在柜台上，转向我们，说道："大伙儿分了它！轮到你的时候，别喝太多，行吗，杰克？"

"为什么光说我？"杰克问。

汽水瓶在桌子上转了两圈，可怜的蒂米是最后一个，所以第二轮的时候，他只喝到几滴。

接着，我们剥开各自的口香糖，扔进嘴里。这种口香糖的味道和我以前吃的都不一样，里面似乎有香皂和甘草的混合气味，不过我喜欢。

"老吉福德小姐是谁？"我问。

"她是一位老师。"玛丽·贝丝说，"从我爸爸小时候开始，她就在这里教书。她上知天文，下晓地理。我妈妈说，阿卡尼角的人遇到困难时，老吉福德小姐都会帮忙。可我爸爸却说，她只是借此来打探别人的隐私。她一辈子都没结过婚。"

"她还反对布什瓦克煤矿公司的人到这里来，买走人们的地产。"杰克说。

"她为那……那件事情到……到处奔走。"蒂

米说。

"我外婆也提到过布什瓦克煤矿公司。"我说,"他们是干什么的?"

"他们是露天挖煤公司,"杰克说,"就是他们把池塘里的水污染了。他们的卡车在后面那条马路上装货,每天从这里轰隆隆地开过。马路被卡车压得坑坑洼洼,到处都是尘土。他们还想买走我们的地。"

"也想买走我家的。"蒂米说,"但我妈妈说,他们出的钱不够。"我们一边嚼着口香糖,一边在桌边闲聊。过了好一阵子,大家才和彭妮道别,走进刺眼的阳光里。

眼前的情形比我预想的还要糟:唐尼身边多了两个小混混。在一辆白色皮卡车旁,一个缺了门牙的男孩咧着嘴,冲我们招手,眼神一看就不怀好意。唐尼坐在驾驶室里,悠闲地抽着烟。烟雾在空气中扭曲盘旋,像一条生气的蛇,随时准备向我们发起攻击。

听到他在烟雾中冲我说话,我心里"咯噔"一下。

"你好呀，'爱大利人'，我在等你呢。我给你介绍两个伙计。你在这里的时候，我们会好好'关照'你。"

"哎呀，糟了！"玛丽·贝丝说，"那是比利·雷德和戴夫·吉莱斯皮。"

"坏了！现在我们该怎么办？"杰克说。

"哎哟哟，瞧瞧！"他们当中那个穿着黑色T恤的大男孩说话了，后来我才知道他叫比利·雷德。"小崽子们找到一个新的小崽子。"说着，他们一起哈哈大笑起来。

"赶紧带着你的狐朋狗友离开，要不然我就告诉爸爸。"杰克对他的哥哥唐尼说。"我也会告诉爸爸的。"艾迪说。

"爸爸才没空理你们的狗屁朋友呢。"唐尼说，"无论如何我今天先把那个不知天高地厚的臭小子打个半死。"

这时，一个男孩从皮卡车后面取出一根棒球棍，朝我们走过来。我在想，要不要站到玛丽·贝丝前面去保护她，可我根本移不动脚。开心挡在那帮人的前面，朝他们狂叫。

这时，蒂米走了出来，径直来到唐尼跟前，看着他的眼睛。"离……离开我家的地盘。"他说，"要不然，我就喊我爸……爸爸。"我简直不敢相信，蒂米，年纪最小的那个，却是最勇敢的那个。

"瞧瞧，"唐尼说，"那个豆芽菜一样的半傻子还以为他可以保护那个小崽子。我很乐意在小蒂米的脑袋上来一棍。"

说着，他们又哄笑起来。不过，在他们靠近之前，老吉福德小姐的绿色皮卡车开了过来，停在我们两伙人中间。就算透过车窗，我也能看出她身材肥胖，顶着一头花白的卷发。她从驾驶室里走出来的那一刻，我知道她就是"及时雨"。

"这里没事吧？"她问。

"吉福德小姐，您能带我们去厄尔爷爷家吗？"玛丽·贝丝问。

老吉福德小姐上下打量着唐尼和他的几个朋友。过了好一阵子，她才说："上来吧，孩子们。"

彭妮站在商店门口，老吉福德小姐看着她，说道："彭妮，你最好现在就关门。"彭妮二话没说就把门关上了，还从里面上了锁。

我们都跳进老吉福德小姐的皮卡车车斗里。开心一直在冲那个拿棍子的男孩狂叫，我们喊了好几次，它才跟上来。

老吉福德小姐看着唐尼和他的两个朋友，说道：

"你们最好在惹下大麻烦之前回家。我会找你们的父母聊一聊的。听见没有？"

然后，她拖着圆滚滚的身体回到驾驶室，发动引擎。

"好险！"蒂米说。

皮卡车启动了，我的身体还在发抖。不过，随着"意义何在"在我们身后变得越来越小，我渐渐回过神来。

这时，我听见唐尼的叫喊声随着一阵风飘了过来："你死定了，小崽子！你可能还不知道，你死定了。"

我缩在角落里。没过几分钟，老吉福德小姐就把车开到了厄尔爷爷家的车道上，停在入口附近。我们跳下车，杰克向她道谢。

"你们这些孩子要记住，远离那帮人，听见了吗？"老吉福德小姐说，"如果他们再找你们麻烦，你们就告诉我，我来处理，知道吗？"

"知道了，吉福德小姐！"玛丽·贝丝说。老吉福德小姐开着皮卡车离开了。

我们走在厄尔爷爷家长长的车道上，在谷仓附近找到一个能晒太阳的地方，坐下来聊天。我从来没有受过这样的惊吓。唐尼和他的朋友真的打算揍我，他们还带了棒球棍。小伙伴们想让我开心起来，他们拼命想和我聊这个暑假我们可以玩什么游戏，比如我们可以在沙滩上烤扇贝，可以一直走到海滩那里，可以摘蓝莓，还可以在灯塔周围探险。可我想，在我们有机会做这些事之前，唐尼可能已经抓住我了。

外面的马路上，那辆白色皮卡车在厄尔爷爷家的车道尽头来来回回地转悠。我把眼睛看向别处，但还是能听到发动机的轰鸣声和轮胎摩擦地面的声音。

有好一阵子大家都没说话。玛丽·贝丝突然站起来，说道："我该回家了，我得帮妈妈照顾小家伙们。"

"你从后面的路上绕回去。"杰克说。

"我会的。"她回应道，然后就离开了。艾迪和杰克也说，他们该走了。最后，这里就剩下我和蒂米——唐尼黑名单上的两个人。

"谢谢你今天为我出头。"我说，"你太勇敢了。"

"哦，如果换作是你，你也会为……为我做同样的事。"他说。但我知道，事实并非如此。

我们俩沮丧地坐在角落里。最后，我们决定站起来的时候，又看见那辆白色皮卡车慢慢地开了过去。"你要不要进来？"我问蒂米。

"真的可以吗？"他瞪大眼睛，咧开嘴笑着问道，好像以前从来没有人邀请过他似的。

　　纱门在我们身后"砰"的一声关上了。厄尔爷爷的声音从上面某个地方传来："上来，小子。"我四下望了望，看到走廊尽头的窄楼梯处有一缕黄色的灯光。跟外面等着揍我的那些人相比，面对厄尔爷爷似乎也没什么大不了的。

我和蒂米一起踏上楼梯去阁楼，开心跟在后面。

　　当我来到楼上，简直不敢相信自己的眼睛！

10

厄尔爷爷戴着一副金属框架的老花镜，坐在一把旧皮椅上。昏暗的灯光下，他正在读一本破旧的书。他看上去和在船上的时候简直判若两人。这时的他，更像是一位你愿意向他倾诉秘密的知心朋友，而不是让你铲臭鲭鱼的爷爷。他的身边全是书。当我的眼睛适应了这里昏暗的光线之后，我能看见每面墙上都有一个书架，书架上摆满了书。地板上也放着一堆又一堆的书，书堆中间是一只旧的铁皮衣箱，被厄尔爷爷用来当搁脚凳。

我安静地站在那里，好久都没有说话，只是看着这一切。蒂米在背后轻轻推了我一下，可我还是没动。最后，厄尔爷爷终于抬起头来。"这是你的曾外婆米妮的图书馆。她以前喜欢来这里看书，一看就是几个小时。这一本，"

他把自己正在看的那本书递给我，说道，"是你的曾曾外公斯坦恩写的日记。"

"为什么要给我看这个？"

"因为我注意到，你是一个爱读书的孩子，艾略特。我猜得对吗？"

傍晚的最后一缕阳光透过阁楼小小的窗户照在书上，书脊上的金字微微有些发亮。

说实话，我感到很吃惊。除了注意到我的身高，以及我有多没用之外，厄尔爷爷竟然还注意到我的其他事情。"没错。"我小心翼翼地说。

"我也是。"他说，"你可以先看看这本日记，想看什么书，你都可以拿到楼下。我去做今晚的特别大餐，做好之后叫你。我看到你带了一位朋友回来。蒂米，你愿意和我们一起吃晚饭吗？"

"如果可以的话，我愿……愿意。"蒂米说。

"当然可以。我给你妈妈打个电话，告诉她你在这里吃晚饭。"厄尔爷爷说。"过来，开心！"可开心纹丝不动。"好吧，"厄尔爷爷说，"看起来，你有了两个新朋友。"

6月27日早上，我们7点起床，驾着克洛普先生的蓝色平底小船，去一个叫"阿卡尼角"的地方看一些空地。艾迪表哥觉得那里也许能满足我们的需要。我们沿着海岸划了两个小时，发现海面上有一大片乌云从西边的天空集结过来。我们把小船泊在一说完，他消失在楼道里，似乎有一点点困惑。

　　我坐在椅子上，开始翻阅那本日记。日记是皮面的，里面的字是手写的。

处海滩上，那里覆盖着一片长长的黄绿色海带。我们在一排桤木树下避雨。桤木树的树冠很小，幸好暴风雨很快就过去了，我们继续驾船赶路。我们在阿尔德海角周围遇到了巨浪，但当我们穿过小布拉斯海湾之后，海面变得相当平静。我们扔下绳索——

"上……上面说什么？"蒂米问。

"我也不太清楚。"我说。封面上的日期是1862年。有几页上写的是珀维斯家族如何来到阿卡尼角，这里有可依傍的小河、丰富的渔产，还有美丽的海滩。剩下的不算是日记，更像是一些菜谱、治病方法和其他分步骤指令。有些是教你怎么做奇特的东西，比如密写墨水和枫糖浆。不过，最吸引我眼球的是这一页："癌症膏"。难道根治癌症的大招就藏在这本日记里？还有治其他病的方法，比如百日咳、毒葛皮疹、猩红热，等等。

"看这里，蒂米。"我翻到后面，指着一页说，"我们可以做姜酒！"

"我妈妈不让我喝……喝酒。"

我哈哈大笑起来，并告诉他，姜酒不是真的酒。

我把日记本放在衣箱上，走到书架前，抽出一本布满灰尘的布面《金银岛》，这是我最喜欢的书之一，"你妈妈给你读过这本书吗？"

蒂米摇摇头，说道："是讲什么的？"

我招呼他和我一起坐在皮椅上。皮椅很宽敞，足够我们俩挤在里面。然后，我清了清喉咙，开始读《金银岛》的故事。"乡绅特里·劳尼、利夫西大夫和其他几位绅士让我把金银岛的故事全都写下来，从头到尾，毫不隐瞒，除了岛的具体方位，因为还有些财宝没有打捞上来……"我试着像妈妈给我念书时那样大声朗读，声音一会儿高昂甜蜜，一会儿低沉阴险。每次读到"唷嗬嗬，再来一瓶朗姆酒"的时候，我都特别大声地喊出来，吓得蒂米一次次从椅子上站起来。

读到第二章，"黑狗"举起缺了两根指头的手时，我看了看蒂米，他的眼睛瞪得像盘子一样圆。后来，我们读到"黑狗"和比尔·博恩斯用刀搏斗那段，蒂米轻声尖叫着："哦，不！"有些词连我都觉得不好理解，但蒂米居然好像都听懂了。

我正准备开始读第四章时，厄尔爷爷上楼叫我们去吃晚饭。这时，我真的好饿。

　　"我们什……什么时候再读后面的故事？"蒂米问。

　　"吃过晚饭应该就可以。"我说。

　　楼下，厨房看起来比我想象中的还要糟糕——桌子用报纸盖得严严实实，每个人的盘子里都放着一只冒着热气的橙色大龙虾。每只龙虾旁边，有一把核桃夹子和一把叉子，还有一个小碟子，里面装着融化了的黄油。"今天我恰好带了三只龙虾回家。"厄尔爷爷说，"我本来打算用第三只龙虾做虾卷当明天的午饭。没关系，明天我们还有花生黄油和果酱。请坐。我还做了一碗瑞士甜菜，这可是刚从园子里拔的新鲜甜菜！"厨房里的味道闻起来还不错，温暖得像家一样，但我忍不住去看那双鼓鼓的黑眼睛——要被我当成晚餐的那只"怪兽"的眼睛。龙虾的头上伸出两根长长的触须，那样子像是要从桌子上爬起来，把我吃掉。

　　蒂米坐下来说："好好吃！"他拽掉龙虾的尾巴，把壳夹开。厄尔爷爷也这样吃。

　　"坐！吃！"厄尔爷爷说。

　　我坐下来，摸过我的餐巾，把它做成一个围嘴，希望蒂米和厄尔爷爷没有注意到。

"哦……哦！"蒂米突然大喊，"你以前没吃过龙虾，是不是？"

"我当然吃过。"我撒谎说，"吃过一百次。"

蒂米把头转到我这边。他没跟我争辩，只是说："那……那你就应该知道，要这……这样吃。"说着，他把我的龙虾虾尾拽下来。有蒂米替我解围，我松了一口气，这样我就不至于又一次在厄尔爷爷面前看起来像个傻子一样。我看着他熟练地挤压虾尾，让它沿纵向裂开，然后从尾部把壳撬开。汁水喷得到处都是，甚至溅到了我的眼睛里。蒂米用自己的叉子把白色的虾肉挤出来，放在我的盘子里。

"尝尝吧。"他说，"味道很……很好！用手拿！"我拿起那团软软的东西，闻了闻。

"蘸点儿黄油。"厄尔爷爷说。他看着我，像是要说什么不好听的话，所以我赶紧试了试。而且，我爸爸总说，不管什么东西，只要蘸上黄油就好吃，就算牛皮也一样。

我拿起虾肉，在黄油里蘸了一下，然后咬了一小口。龙虾的肉尝起来不腥，还有一丝甜味。我又蘸了一次，接着又咬了一口。简直太好吃了，软软的，热热的，口感柔滑，能媲美我在家里吃过的任何美味。不一会儿，我就把整个虾尾吃完了。

"嗯，你们下午玩得怎么样？"厄尔爷爷问。我看着蒂米，不知道要不要把在商店外面发生的事告诉厄尔爷爷。

蒂米还在埋头吃龙虾。他的脸上挂着满足的笑容，嘴角上的黄油闪着光。像他这么瘦的孩子，本来会剩下很多的。"太……太好吃了。"他说，"非……非常感谢您，先生！"

"不客气！"厄尔爷爷说。他说话的腔调让我想起了妈妈。我猜，妈妈小时候待在这里是不是跟厄尔爷爷学过这样说话。不过，也有可能他们都是和我的曾外婆米妮学的。可能曾外婆是和曾曾外公斯坦恩学的——就是那个写日记的人。

"您给我看的那本日记很酷。"我说，"我很喜欢里面珀维斯家族找到阿卡尼角的那一段。现在，这里还有很多珀维斯家族的后人吗？"

"我是最后一个。"厄尔爷爷说。

"真的吗？"

"是的，孩子。我得活出珀维斯家族人的样子。"

"我们现在可以回到阁楼上去了吗？"

"今天不行。"厄尔爷爷说，"我觉得你该回家了，蒂米。艾略特明天还要早起。"

吃完晚餐，我陪着蒂米走到车道上。天空中的星星比前一天晚上更多，成千上万颗星星！我从没见过这么宽、这么亮的银河。蒂米见我抬头向上看，说道："它们都是因为我……我们而存在。""什么意思？"我问。"如果我们没在这里，就没……没有人看见它们。"他的回答很简单。"所以，如果我们没在这里看它们，它们可能就不在了？"我大笑着说。

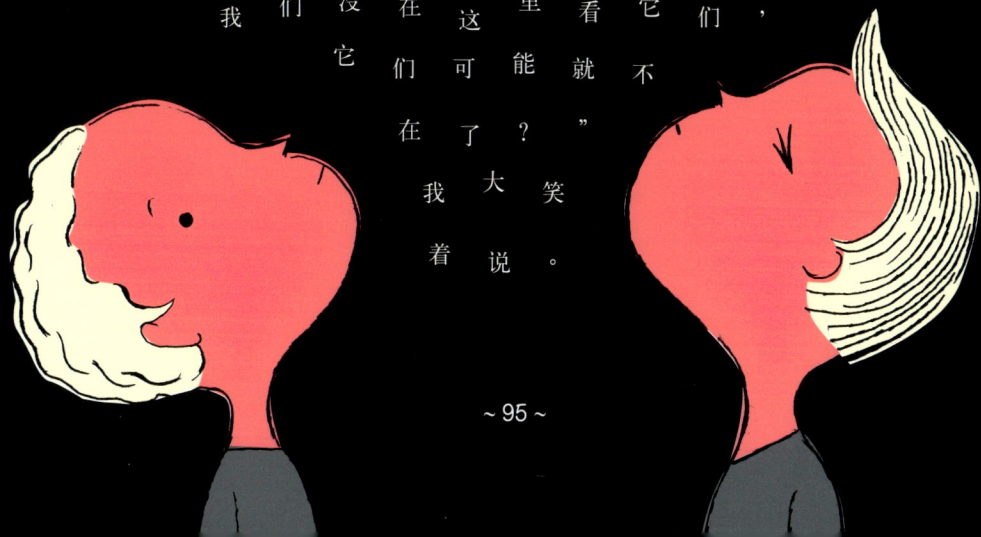

"可……可能吧。"他说，"我们明天可以接……接着读《金银岛》吗？"

"我希望可以。"

"别……别担心唐……唐尼和他的几个朋友。"他说，"他们只是吓……吓唬我们。"我开始想，蒂米的头脑里装着许多东西，比别人以为的多得多。

我躺在床上时，试图去思考那些美好的事：天空中的星星，阁楼上的图书馆，龙虾蘸黄油的美味。可是，我实在是太累了，累得甚至想不起自己为什么会哭，谁是我的朋友，谁又不是。

半夜里我惊醒了，吓出一身冷汗。我梦见唐尼·麦克劳德打扮成海盗的样子，围着"意义何在"商店追我，手里拿着短剑，刺向我的后背。阿卡尼角的每个人，包括厄尔爷爷、老吉福德小姐、蒂米、玛丽·贝丝，都站在那里看热闹。每次我疼得跳起来，他们就哈哈大笑，好像觉得特别好玩。

11

　　第二天早晨跟前一天差不多，我的任务是往鱼饵桶里装臭鱼。我知道，他们认为我只能干这个。我还是觉得很恶心，不过我没再呕吐。

　　我把桶拖进"尼托号"之后，决定去解缆绳。厄尔爷爷和麦吉利维瑞先生在船上摆弄引擎的时候，我就练习怎么解绳子。我发现只要掌握了窍门，真的很简单。只要把绳子末端从第一个结里推出去，然后再用力一拉就行了。拉的时候，剩下的结会挨个儿松开。听见"尼托号"的引擎开始发出低沉的轰鸣，我知道船已经启动了，赶紧跳下来。

　　"解缆绳，德莫特。"厄尔爷爷说。

　　"让我来。"我说。一根缆绳已经被我解开了，我把它扔下去交给麦吉利维瑞先生，然后迅速解开另一根再扔下去。麦吉利维瑞先生抬头看着我，朝我竖起一根大拇指，一副目瞪口呆的样子。

"干得漂亮，艾略特！"厄尔爷爷说。我像个老练的水手一样快速爬下梯子，去船头跟开心待在一起。只有这样，我才能忍住朝麦吉利维瑞先生吐舌头的冲动。

这一次，我看不清海底，因为水面有波纹。我们看到第一个浮标的时候，海浪已经相当高了。我必须紧紧抓住船舷，以防掉进水里。

我走到厄尔爷爷旁边，告诉他我已经准备好去给龙虾绑皮筋了。那一天，我只掉了两只龙虾，但很快又把它们捡了起来。我们收完两条线上的捕笼之后，厄尔爷爷看着我说："小子，你是怎么做到的？"

"我也不知道，"我笑着说道，"可能我只是需要先吃一只龙虾。"我看向麦吉利维瑞先生。他斜眼看着我，嘴里咕哝着什么，我没听清。

午饭时间到了，我和厄尔爷爷坐在靠近船头的小长凳上，吃着花生黄油和果酱三明治。麦吉利维瑞先生坐在船尾，背对着我们。

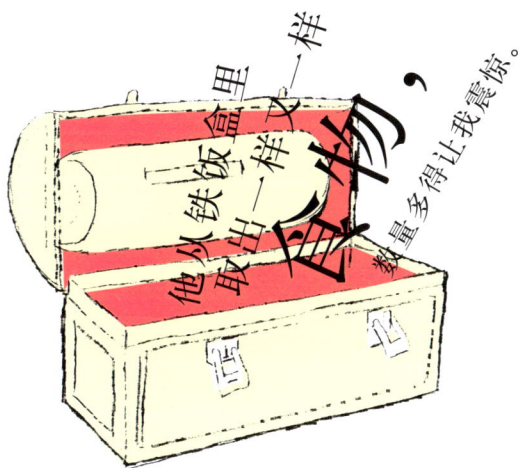

他从铁饭盒里取出一样又一样食物，数量多得让我震惊。

　　我转身问厄尔爷爷知不知道老吉福德小姐的事。

　　"你是说梅布尔吧。"厄尔爷爷说，"她的名字叫梅布尔。"

　　"我猜是的。"我说，"昨天她开车捎我们去了'意义何在'商店。"

　　"哦，我知道了。"厄尔爷爷说，"我跟你讲讲梅布尔吧。她可比阿卡尼角的任何人都更善良、更坚强，她是一个高尚的人。在这里，像她这样的人并不多。"

　　"那些孩子还跟我说了一些关于布什瓦克煤矿公司的事。"我说。

　　"那帮强盗！"厄尔爷爷说，"他们和阿卡尼角的人完全不同。他们压根儿不在乎阿卡尼角人的死活，只想吞并我们的土地，拼命榨取资源。为了以最低的价格搞到煤矿，他们什么事都干得出来！"

厄尔爷爷的脸因为激动变得有点儿发红。"但是梅布尔，"他接着说，"在努力提醒人们，即使他们卖掉土地也不可能拥有比现在更美好的生活，特别是布什瓦克那帮家伙只想花一丁点儿的钱就买走我们的家园。所以，那帮家伙恨她。"

说到这里，他更加愤怒了，嘴里不时喷出一丝丝的面包果酱。"还有政府。"他补充道，"他们也不喜欢梅布尔。他们说，布什瓦克能为阿卡尼角创造就业机会。但梅布尔说，那根本不是真正的就业，只是一群人在开推土机。我同意她的观点，艾略特。老天爷知道，他们已经把后面那条马路毁得破烂不堪。那里原来非常漂亮，现在却跟月球表面差不多，坑坑洼洼的。"

这一刻我才知道，我没办法帮外婆劝厄尔爷爷卖掉房子。她向厄尔爷爷抱怨阿卡尼角不好有什么用呢？厄尔爷爷爱阿卡尼角——爱以阿卡尼角为家的人们。

我不太确定他说的那些话是什么意思，但我知道，布什瓦克和阿卡尼角的有些人反对老吉福德小姐，连政府也反对她，但我喜欢她，而且看上去厄尔爷爷也很喜欢她。

我吃完三明治，站起身，却又不得不立刻坐下。浪头很大，船的摇摆开始让我感到恶心。我跌跌撞撞地走到船舷边，趴着休息了一会儿。接着，我就开始翻江倒海地吐。我先吐出了花生黄油和果酱三明治，接着是早餐，然后我又不停地干呕，只吐出一点儿黄绿色的胆汁。这个最糟糕。我吐的时候，听到麦吉利维瑞先生一直在笑。

为什么会这样？我本以为情况在好转，结果竟然发生这样的事！呕吐完之后，我感觉浑身虚弱无力，瘫坐在小长凳上。

厄尔爷爷走过来坐到我身边，拍着我的肩膀说："吐完之后，你就能掌握不晕船的本领，再也不会恶心了。祝贺你！"

"真的吗？"我问。

"把它当成一个必经的仪式吧。我像你这么大的时候，也经历过。"我伸出胳膊想拥抱他，他却抽身离开了。"我的后背，小子！记住，我的背不好。听着，"他说，"今天你做得很好，我为你感到骄傲。你待在这里休息一下——我和德莫特去收第三条线上的龙虾。"

我们回到码头，小伙伴们已经在等我了。蒂米很兴奋，想要第一个告诉我好消息。

"唐……唐尼今天早晨去他爸……爸爸的船上了。老吉……吉福德小姐昨天跟他们谈话了，现在他爸……爸爸带他回船上干活就是想盯……盯着他，我猜。不管怎么样，他没机会在我们周围晃悠了。你看，我跟你说……说过，一切都会好起来的。"蒂米说。他看上去很开心，我忍住冲动，没有告诉他只要唐尼出现就有可能出事。

杰克再次带头跳进海里，接着是玛丽·贝丝、艾迪和蒂米。我站在码头上，看着四米以下的海面。他们大喊："跳，艾略特，你可以的！"我"嗖"的一声跳了下去。我的跳水姿势并不优美，几乎是胸口先入水，但我跳了。

"耶！"他们一起大喊。我们在码头附近游了一会儿。我告诉他们，我太累了，不能游到"路易莎小姐号"了，但他们可以去。我能跳进水里，已经很开心了。

他们游走了，我注意到那只肥蜘蛛还霸占着梯子。我游到另一架梯子，从那里爬回码头上。我坐在那儿，沐浴着阳光，忍不住笑了。虽然唐尼的威胁并没有完全解除，但这一天过得真不错。

我有四个新朋友，
厄尔爷爷为我感到骄傲。

小伙伴们游回来，到码头上找我。我注意到玛丽·贝丝胳膊上有新伤。"这次你又是怎么受伤的？"我指着她的胳膊问。"你别管！"说着，她猛地伸出手，扫向我的手指头，"关你什么事！"

她看上去非常生气，我大吃一惊。"我只是担心你，没别的意思。"我说。

"这不是你应该担心的事，"那就别担心了。"她说，

我看着她走远。这时，我发现地上有一块石头，于是狠狠地踢了一脚。有时候她似乎喜欢我，但有时候似乎又很讨厌我。我真是搞不懂。

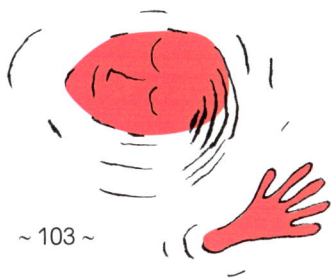

~ 103 ~

12

　　没过几个星期，我就能一个人扯起捕笼，自己给龙虾上饵了。更厉害的是，我的手心和脚底板都长了老茧，可以光着脚想去哪儿就去哪儿了。从码头上往下跳水，我也在一天天取得进步。我甚至能抱着腿跳下去，像一枚发射出去的炮弹一样。不过我还是害怕，不敢游到"路易莎小姐号"那里。我还抽空寄了两张明信片，告诉爸爸妈妈，这里很可怕，问他们能不能再寄二十元给我。我告诉迈克和泰迪，这里的生活很精彩，我甚至交了一个女朋友。两张明信片上的话，都只有一部分是真的。可能我并不真的需要二十元；可能玛丽·贝丝并不真是我的女朋友。就这样吧，毕竟，有些事情非常精彩，有些事情特别可怕，这是真的。我只是希望迈克和泰迪不要把我寄

给

他们的明

信片拿给我的

爸爸妈妈看，也不希

望写给爸爸妈妈的明信片

被迈克和泰迪看到。一天晚上，

厄尔爷爷告诉我，龙虾季要结束了，

我们要开始捕鳕鱼。在龙虾季的最后一

天，我们把所有的捕笼都收上来，在船尾堆成

一个巨大的"金字塔"。麦吉利维瑞先生用绳子把捕

笼捆起来，免得它们倒下来散落在甲板上。我们把这些捕

笼带回码头，放在厄尔爷爷的皮卡车里。麦吉利维瑞先生累得

大汗淋漓。他的身体十分强壮，给我留下深刻的印象。我终于明白，

为什么他能跟厄尔爷爷搭伙这么多年。

接下来的星期一，我们将第一次捕鳕鱼。我们会用金属钩挂鱼饵，不再需要棚屋里的臭鱼。这本来会让我松一口气，但那一刻，我却有些怀念那些蠕动的蛆虫。现在，我已经很擅长铲臭鱼了。

那天早晨我们出发时，大海的情形跟之前一样，慢慢地波涛汹涌起来。当"尼托号"被顶上浪尖的时候，四周的景色一览无余。但当它落到浪底时，我们便被大海包围

起来——海浪在我们的头顶上方，足有六七米高。

我们来到一片海域，厄尔爷爷认为这里适合鳕鱼生长，于是他关掉引擎。厄尔爷爷和厄尔爷爷把他们的鱼线沿船舷放下去。厄尔爷爷喊道："艾略特，你准备好，照我说的做。把你的鱼线放下去，让它一直沉到底。然后，你把线拉上来一米左右，再上下晃一晃，就像这样。"他戴着手套，把鱼线绕在手上，拉上来又放下去，每次拉大概一米高。

"抓住一条！"麦吉利维瑞先生大叫。他把鳕鱼一直拉到水面，在鳕鱼的下方放一张网。"奇怪。"他说，"尾巴没了。"

厄尔爷爷也拉上来一条，还是同样的情况——一条大个头的鳕鱼，尾巴被咬掉了。"肯定是拉上来的时候，被狗鲨咬了。"麦吉利维瑞先生说。

"我们最好换个地方。"厄尔爷爷说。他发动引擎，把"尼托号"开远一些，去他喜欢的另一片海域。

　　这一次，我们三个人都放下鱼线。我几乎立刻就钓到一条，赶紧把它拉到水面。这条也一样——是半条鳕鱼。"我从没遇上过这种事。"麦吉利维瑞先生说。一次又一次，同样的事情不断重复。

　　"把你们的线收上来。"厄尔爷爷说，"我们去另一片海域。"我向下看海水，发现一条巨大的白鱼跟着麦吉利维瑞先生的鱼线来到水面。厄尔爷爷向下看了一眼，惊呼道："老天爷，是一条大白鲨。离船舷远点儿，艾略特。"我立刻往后退。鲨鱼在水面上游了几秒钟，又回到水下。"它肯定是从刚才的地方跟着我们过来的。"厄尔爷爷说。

"看呀，小子，一辈子难得的机会。"麦吉利维瑞先生说。

我们都看向船舷，看向那条鲨鱼。

它大概在水下不到两米的地方，

就在"尼托号"的正下方慢慢游动。

开心也从船舷那边往下看，它开始狂叫。

"这条大白鲨至少有八米长。"厄尔爷爷说。

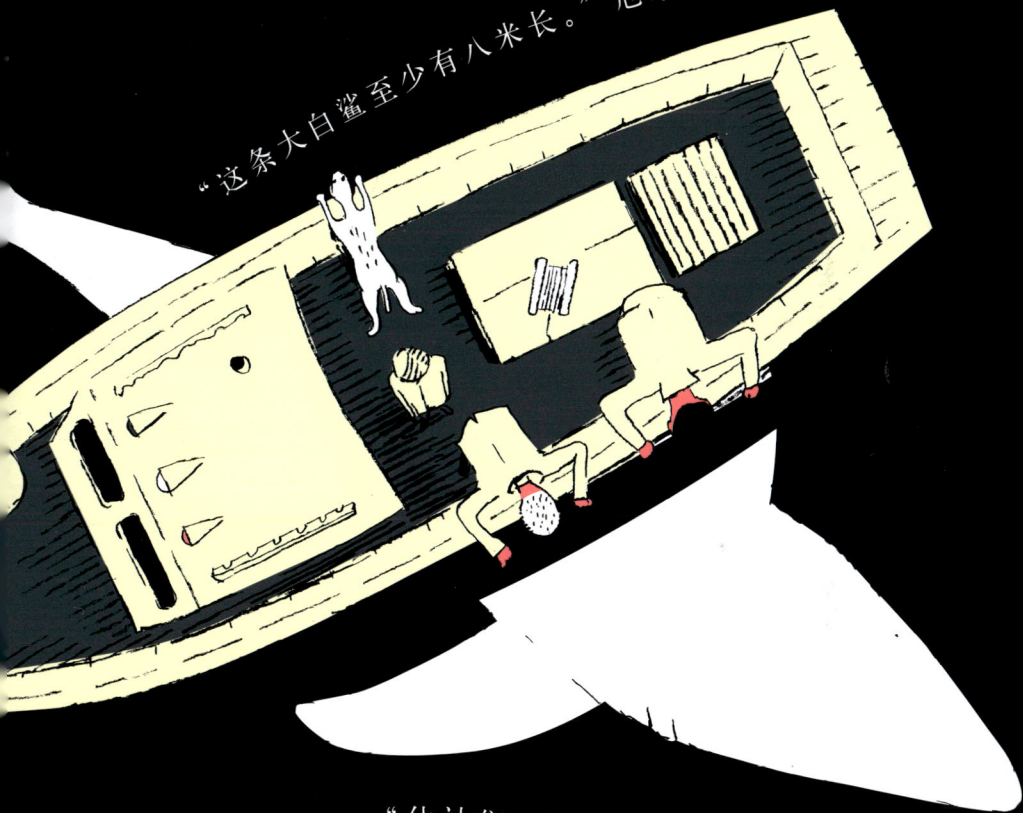

"伙计们，今天我们恐怕捕不到鳕鱼了。"

他发动引擎，我们往回走。

"它会不会还跟着我们？"我问。

"不，它会选择放弃。海湾对大白鲨这样的大块头来说太浅了。"厄尔爷爷说。我们前进的时候，海浪仍然裹着"尼托号"上下起伏，但这次的摇晃并没有让我觉得恶心。我去驾驶舱向厄尔爷爷报告了这个好消息。

"很棒，你已经掌握了不晕船的本领。"厄尔爷爷说。回去的路上，我一直跟厄尔爷爷和开心待在驾驶舱里。麦吉利维瑞先生坐在船尾的甲板上嚼一大团烟草，时不时地吐出来一点儿。

因为我们回到码头的时间比往常早，玛丽·贝丝他们还没回来，所以我们没办法一起去游泳。厄尔爷爷和麦吉利维瑞先生开始跟几个在码头上干活的渔民谈论大白鲨的事。

"我见过一条七米长的。"一个人说。

"你最好离它们远点儿。"另一个人说。

闲聊完毕，厄尔爷爷过来问我，要不要捎我回去。

"不，"我说，"我要等蒂米、玛丽·贝丝和其他几个小伙伴。今天，我要游到'路易莎小姐号'那里去。"

"好，注意安全。"厄尔爷爷说，"你跟艾略特待在一起。"厄尔爷爷嘱咐开心。其实他用不着这么做，因为现在我和开心已经形影不离了。

我坐在码头边上，双腿悬在下面，计划要好好游一场。正在这时，有人拍了拍我的肩膀。是唐尼！"你好哇，小崽子。"他说。他左手拿着一个大鱼叉，前后摇晃着。然后，他用右手抓住鱼叉的长柄，把它举到我的头顶上。

"你的朋友们在哪儿呀？"他阴阳怪气地问。

我什么也来不及说，直接跳进了水里，拼命朝"路易莎小姐号"游去。

游出大约五米，我听到耳边"嗖"的一声巨响。唐尼把鱼叉朝我扔过来，就像扔长矛一样。"我会抓住你的，小崽子！"他大喊道。就在这时，我感觉到有什么东西向上刷着我的肚皮，脑海中立刻浮现出大白鲨跟着鱼线游到水面的情形。鲨鱼不是跟着"尼托号"从一个地方到了另一个地方吗？它会不会跟着我们回到了码头？我惊恐万分，往水下沉去。

当我漂上来后，我惊慌失措地拍打着水面，过了一阵子才渐渐缓过神来，又向前游了几米。可我没办法赶走脑海中大白鲨的阴影。

　　厄尔爷爷说过，海湾的水对大鲨鱼来说太浅。可电视节目上不是说了吗？鲨鱼在一处浅滩攻击人群！我吞了一点儿水，又划了几下。

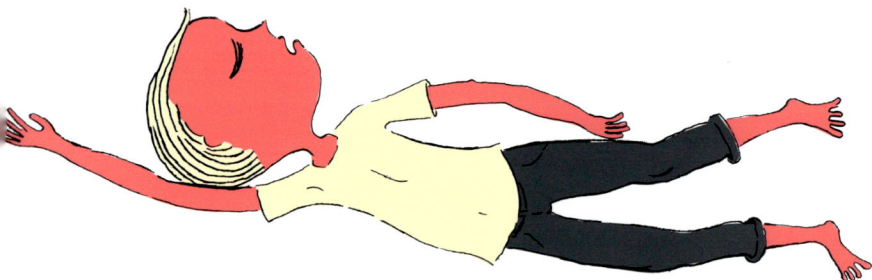

　　这时，它又来了——有东西刷过我的肚皮。这一次，我惊恐万分，开始尖叫。我想喊救命，可嘴里只能发出一丝微弱的声响。我根本不可能游到"路易莎小姐号"那么远的地方。

　　就在这时，开心不知从哪里冒了出来。有它在水里陪着我，我的心绪稍微平复了一些。我开始在开心身边游，也不知道要游去哪里，只是跟着它。我看向码头，唐尼已经走了。

过了很长时间，我们来到岸边。我拖着疲惫的身体爬上岩石，瘫倒在上面。开心侧躺着，不停地喘气。我翻过身来，轻轻地拍了拍它。我看着它棕色的眼睛，轻声说："你救了我一命，你这条老癞狗。谢谢你！"开心舔了舔我的鼻子。我抱住它，抱了很久。可能我抱得太用力，勒着它了。不过，开心只是摇摇尾巴，又舔了舔我。

　　我们沿着岩石找到回码头的路。唐尼不在那里。我回头看了一眼刚才跳水的地方，以为会看到鲨鱼，结果只看到一丛丛海草，草尖露出水面。

　　原来，刚才是它们——海草，在刷我的肚皮！我感觉很窘迫。我又看过去，发现唐尼扔的鱼又被海草缠住了。如果唐尼看到我刚才因为害怕而像个小宝宝一样尖叫，他可能会用嘲弄的语气把这件事讲给玛丽·贝丝和别的小伙伴们听。我坐在码头上，嚎啕大哭起来。我当时看起来一定像一只落水的老鼠。开心用它凉凉的、湿湿的鼻子拱了拱我的脸颊。我拍了拍它的脑袋。这时，一只手朝我伸过来，摸了摸我的肩膀，是玛丽·贝丝。她坐在我旁边，久久地注视着我。"你还好吗，艾略特？"她说，"你看上去像是见了鬼一样。"

她看着 我的眼睛，用手背抚摸着我的脸颊。

然后她亲了亲我的额头。

13

　　刚开始，我希望暑假赶紧过去，但交到这么多朋友之后，我希望假期的"脚步"可以慢下来。我喜欢和小伙伴们去海边游泳、喜欢在"尼托号"上捕鱼的那些日子。随着日子一天天过去，暑假似乎过得越来越快。天气也很好，整个八月只下了两场雨。每一个工作日，我抓到的鱼都几乎跟厄尔爷爷和麦吉利维瑞先生一样多。做力所能及的事的感觉真好！有四个亲密的小伙伴让我很开心，不过我觉得跟玛丽·贝丝和蒂米最亲。

　　我常常和玛丽·贝丝一起玩。很多个夜晚，我也会跟蒂米一起在曾外婆的图书馆里读书。我们读完了《金银岛》《汤姆·索亚历险记》，还有《狼踪》。我们一起计划并完成了很多事：我们去灯塔探险，去摘蓝莓；有一天晚上，我们还在滩涂上吃了海鲜野餐。我们唯一还没做的，是去老路旁边的那个海滩。厄尔爷爷甚至还说服我尝了一块牛舌，真的很难吃！

　　一个星期六下午，就在我要回雷克湖之前的几天，我、玛丽·贝丝和蒂米决定在玛丽·贝丝家后面的草坪上野餐。我们在茂密的草丛里找到一块空地。我带了花生黄油和果酱三明治，蒂米带了一盒蓝莓，玛丽·贝丝拿来一条毯子。我还带了一本插图版的《时光机器》，也是赫伯特·乔治·威尔斯写的。

　　我大声地读书，玛丽·贝丝坐在我旁边，胳膊搭在我的肩上。故事里讲到，莫洛人是邪恶的、像猿猴一样的人，生活在遥远未知的地底下。他们吃伊莱人，伊莱人非常友善，住在地面上。跟平时一样，蒂米听得十分入迷。

　　"阿卡尼角也……也有莫洛人和

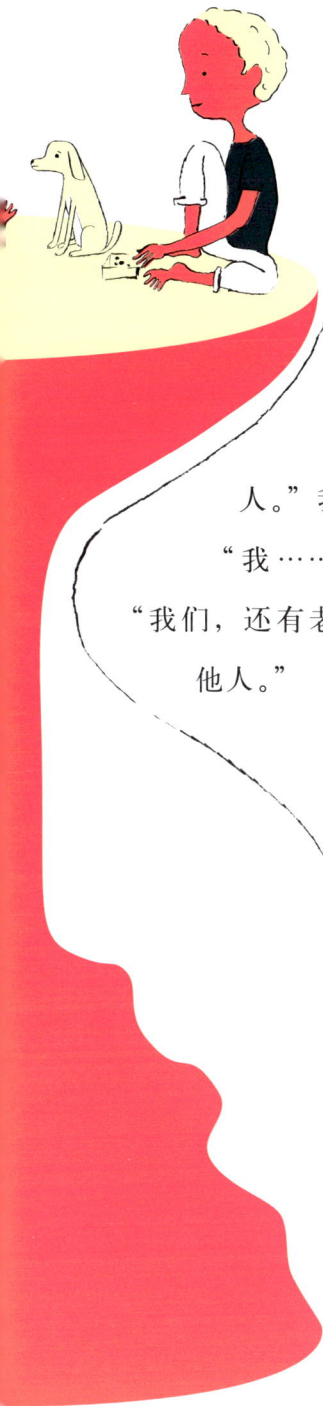

伊莱人。"蒂米说。

"从某种意义上说，是这样的。"我说。

"谁是生活在阿卡尼角的莫洛人？"玛丽·贝丝问。

"唐尼肯定是一个莫洛人。"蒂米说。

"布什瓦克煤矿公司的矿主也是莫洛人。"我说。他们都点头同意。

"我……我们是阿卡尼角的伊莱人。"蒂米说，"我们，还有老吉……吉福德小姐、彭妮以及我们家其他人。"

"但是伊莱人不反击呀。"玛丽·贝丝说。

"可能会反击的。"我说，"在书的后半部分。"

这时，远处传来说话声，打断了我们。我穿过草丛悄悄往外看，发现说话的人是麦吉利维瑞先生和一个男人。玛丽·贝丝也抬头看了一眼。

"那个人是从布什瓦克煤矿公司

来的，找我爸爸谈事情。"她说。麦吉利维瑞先生和那个人走得很近，在离我们大概十米远的地方停下。我们低下头藏在草丛里。他们的说话声，我们听得一清二楚。

"周围这片土地都是我的。"麦吉利维瑞先生说，"从马路这边一直到池塘那里。只要价钱合适，这些都可以给你。"

"你觉得多少钱合适？"那个人问。

"他们在说卖你们家地的事。"我悄悄说。

"妈妈不让爸爸卖。"玛丽·贝丝低声回应道，"这是我妈妈家族的地。"

"要是他不告诉你妈妈，偷偷把地卖掉呢？"我低声说。玛丽·贝丝摇摇头，但她的神情看上去有些担忧。就在这时，蒂米打了个喷嚏。

"什么人？"麦吉利维瑞先生咆哮道。

"这周围有人吗？"那个人问。

"你没听见动静？"麦吉利维瑞先生问。

"哦，可能是小鸟或者松鼠吧。你没事吧，麦吉利维瑞先生？"那个人问。

"当然没事。"麦吉利维瑞先生说。

我在想，那个从布什瓦克煤矿公司来的人，是不是差点儿和外婆结婚的那个人。外婆曾告诉我，如果嫁给那个人，就不会有我了。我记得我那时还想，我才不在乎阿卡尼角会不会被什么布什瓦克的人买走呢。但现在，这个想法让我很生气。要是这里的地被买走的话，人们该去哪儿呢？就像厄尔爷爷和老吉福德小姐说的，这里的人不可能获得比现在更美好的生活——无论布什瓦克煤矿公司的人出多少钱买走他们的地。

　　那两个人走了之后，我说："玛丽·贝丝，你最好把这件事告诉你妈妈。"

　　"我会的。"她说，"我会告诉我妈妈的。"

　　第二天早晨，我和玛丽·贝丝、蒂米偷偷碰面。离开家之前，我穿上泳衣，套上牛仔裤和T恤，卷起我的美人鱼浴巾。这一天是星期日，厄尔爷爷通常会睡懒觉——如果你把早晨七点半起床叫作睡懒觉的话。我像小老鼠一样悄悄地溜出去，连开心都没被吵醒。

　　我们走了八公里，终于来到海滩上。路上，我们经过了布什瓦克煤矿公司的露天煤矿。星期天，煤矿关门了，我们走到门口，从上锁的大门缝朝里张望。里面死气沉沉，没有一棵树，甚至没有一丝绿色，只有两台黄色的推土机停在空旷的土地上，地上满是泥泞和石块。正如厄尔爷爷所说，这里看上去真像月球表面一样。

"他们想……想把阿卡尼角剩下的地方也变成这……这样。"蒂米说。

"我们不能让他们得逞。"玛丽·贝丝说。

"你有没有告诉你妈妈，你爸爸见了布什瓦克煤矿公司的人？"我问她。

"还没有。"

"你应该说的。"

"我知道。"

随后，我们默默地往前走。我们到达海滩时，周围没有人。我把美人鱼浴巾铺在沙地上。我们静静地坐了一会儿，听着海浪拍岸的声音。玛丽·贝丝脱掉外衣，穿着泳衣冲进浪花里。我和蒂米跟着她下水。每次我们往前走一点儿，就有一个巨大的浪头打来，几乎要把我们击倒。我们弯腰走到浪花的边缘，堆了一座带护城河的城堡。一个超级大浪把我们的城堡冲走之后，我们在海滩上一边走，一边捡起被海浪冲上来的小玩意儿。

玛丽·贝丝捡贝壳，我寻找着被海浪冲得平滑的玻璃。大部分玻璃都是清透的，有几块特别的玻璃，是深绿色和深蓝色的。蒂米想帮我们捡，他远远地跑到另一边，既找贝壳又找玻璃。

　　我和玛丽·贝丝回到美人鱼浴巾那里，坐下来。我注意到她后背上有一道新的伤痕，看起来又红又肿。

　　"玛丽·贝丝。"我说，"我想知道，你得告诉我。"

　　"知道什么？"她问。我把手指放在她背上那道肿胀的伤痕上，沿着外缘画了一个圈，像画地图一样。

她目视前方，看着海浪冲刷海岸。

"昨天晚上，我爸爸喝得醉醺醺回家。"她说。然后，她撩起头发，给我看她脖子后面的另一处伤痕。"这就是你要知道的。"

　　她看上去并不生气，但我快要气疯了。

　　"他……他简直是个怪兽，玛丽·贝丝！我要去找他谈谈，我要告诉厄尔爷爷。"

　　"不，你别去。"她说，"这就是我不想告诉你的原因。你这样做只会让我的日子更难过。"

　　"但是……"

　　"没什么'但是'！你觉得，如果他知道我告诉别人了，他会怎么做？你又不在这里长住，艾略特。你什么都不懂。"

　　我想跟她争辩，可又不知该说些什么。回去的路上，蒂米叽叽喳喳说个不停，我和玛丽·贝丝则各自陷入沉思。我在想，我应该怎么对付麦吉利维瑞先生。我想做些事，让他不再伤害玛丽·贝丝，但我又不想让玛丽·贝丝的处境变得更加艰难。我们来到厄尔爷爷家的车道上，蒂米要拐弯回家了。"再见，蒂米。"我们跟他挥手道别。玛丽·贝丝看着我，说："别担心，艾略特。我很坚强，

我

能 忍。"

这几个星期以

来，我第一次有一

种想哭的冲动。

"你知道，我已经习惯

了。"她接着说，"我能忍。"她把手

放到我的脸颊上，我知道她想安慰我。一

股愤怒和挫败感把我淹没了。接着，泪水顺

着我的脸颊流下来，我开始抽泣。"给，这

个给你。"我说着，把美人鱼浴巾披在她

肩上。然后，我转身跑进厄尔爷爷

家，大门在我身后关上了。

14

那天晚上，暴风雨来袭。起初的一小时，窗户被一道道闪电照亮。每道闪电后面，都跟着一串轰隆隆的雷声，震得房子似乎都在摇晃、窗户嘎吱作响。我蜷成一团，缩在被子里发抖。有时候雷声巨响，我以为暴风雨就在我的头顶上。慢慢的，风暴过去，但我还是能听到远处的雷声，可能正在摇晃新斯科舍省别的地方某个可怜孩子家的窗户。

第二天，我看都没看麦吉利维瑞先生一眼，心里充满了对他的憎恨和厌恶。他跟平时一样，开心地吐烟草、擤鼻涕，还嘟嘟囔囔。

"你怎么了？"厄尔爷爷问我。

"没什么。"我说。

"你一上午都没怎么说话。你就要回雷克湖了，是不是觉得有些失落？"他问。

"是，也不是。"我说。

"我带了一盒你最喜欢吃的奶油糖浆冰激凌作为甜点。"

要是我能告诉厄尔爷爷玛丽·贝丝的事该有多好。但我怎么能说呢？如果消息传出去，麦吉利维瑞先生可能又会揍玛丽·贝丝一顿，因为她把秘密告诉了别人。他可能会想尽一切办法卖掉地然后跑掉，那样我就再也见不到玛丽·贝丝和蒂米了。可如果不说，万一布什瓦克煤矿公司得到了麦吉利维瑞先生的土地，厄尔爷爷可能会责怪我，阿卡尼角的人也会责怪厄尔爷爷邀请我来这里。要是妈妈在就好了，她肯定知道该怎么办。我沉浸在自己的烦恼里。一天过得很快，不经意间，两个箱子里已经装满了鳕鱼。回程途中，我一直在想，怎么做才能帮到玛丽·贝丝。突然，我想到了老吉福德小姐。也许，我应该把这件事告诉她。

回到码头后，我告诉小伙伴们，我不太舒服。"我要搭厄尔爷爷的车回家。"我说。

"晚点儿，你愿意去桑迪海滩游泳吗？"玛丽·贝丝问。

"当然愿意。"我说。

我们在厄尔爷爷家的车道上停下。我告诉他，我想自己待会儿，出去散散步。

"好。"他说，"需要我陪你吗？"

"不用。"我说。

"好，艾略特，让开心陪着你吧。"

我和开心一起朝那条老路走去。前一天去海滩的时候，玛丽·贝丝曾告诉我，顺着这条老路，可以找到老吉福德小姐的家。去她家的路不远，我和开心慢悠悠地往前走。我心里琢磨着，老吉福德小姐会不会相信麦吉利维瑞先生做的那些事。即使她信了，可能也会有其他顾虑。布什瓦克煤矿公司的人会不会因此断定，阿卡尼角住着一群虐待孩子的愚民？这会不会给政客们一个借口，他们好趁机抢走土地，把阿卡尼角的人们赶走？也许我再也无法回到阿卡尼角。厄尔爷爷也许要被迫搬走，离开他喜欢的地方。"尼托号"怎么办？曾外婆的图书馆怎么办？这一切该怎么办？我想起了床上方挂着的曾外婆的照片。

"我在看着你呢，小子。"她的名字叫米妮——墓碑上是这么写的。"米妮，帮帮我，告诉我怎么做才是对的。"我悄声说。

我拐进老吉福德小姐家所在的那条长长的土路，看到一个瘦长的身影正沿着土路往我这边走来，是唐尼·麦克劳德。我们都停下来，站住不动。开心开始狂叫。

"我不想伤害你，'爱大利'人。"唐尼说。

"什么？为什么？"我说。

"我现在就是不想。"他说，"你来这儿干什么？"

"我要去找老吉福德小姐。你呢？"

"哦，我刚从她家出来。"他说。

"你又闯祸了？"我说。

"没有！"他大声说，"我们只是聊聊天，没别的。"

"你有没有告诉她，你想用鱼叉扎死我？"

"哈，如果我真想伤害你，我已经用鱼叉扎中你的脑袋了。我那是逗你玩。"我等着他说我在海草中尖叫、开心把我救上来的事，但他一个字都没提。

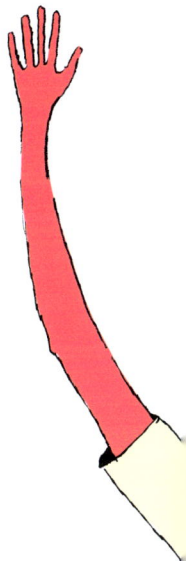

"你找老吉福德小姐干什么？"我问。

"关你什么事？"

"不关我的事。"我说，"我只是好奇。她帮上忙了吗？"

"我爸爸又不让我上船了。"

"哦，太遗憾了，唐尼。"

"嗯，你什么也做不了的，'爱大利'人。"

"我知道。"我说，"我只是想表达遗憾。"

他斜眼看着我，默不作声，像是要看透我。然后，他打破沉默，说道："你走吧，'爱大利'人。不要告诉任何人，你在这里碰到我了，否则，我一定会用鱼叉敲你的脑袋。"

我们错身而过，挥手告别。我走了六七米之后，回头看了一眼，他已经走远了。我开始想，跟唐尼单独对话时，他像变了一个人。也许他是那种人来疯的孩子，有同伴在身边就喜欢翘尾巴。我在雷克湖也认识几个这样的孩子。

小路两旁是大片大片的野花，蜜蜂在花丛中"嗡嗡嗡"叫着，忙个不停。我和开心经过一片常青树林，我能看到小路尽头有一座两层楼的小木屋，老吉福德小姐的绿色皮卡车就停在木屋旁边。如果她看到我，我可以说，我是来摘花的。我一步一步往前挪，注意到门廊外是一排白色的木栅栏，栅栏上方挂着绿色花箱，花箱里长满了紫色和黄色的花，向周围伸展着。我悄悄走上台阶，透过玻璃门看到

一间白色的小厨房。我在栅栏外面站了一会儿。如果这时候我改变主意，转身离开还来得及。但我没有。我闭上眼睛，轻轻敲了敲门。

"请稍等一下。"一个声音说。我听到屋里有动静，没过多久，老吉福德小姐胖乎乎的身影出现在我的视线里。

"艾略特！开心！"她说，"真是稀客！"

"您好，吉福德小姐。"我说。

"叫我梅布尔就行。"她说。

"嗯，我遇到了一个问题。"

"说来听听。"她说，"你可以在门廊上找个舒适的地方坐下，我去准备一些茶点。"我环顾四周，看到一张白色的藤桌和两把藤椅。我坐下来，开心在台阶上找到一个舒服的地方趴下。大约过了五分钟，老吉福德小姐端着一壶茶和一盘点心出来了。

"吃点儿小姜饼，怎么样？"她问道。

"不用了，谢谢。"不过，我心里多么希望她能再问我一次。

"来吧，你一定要尝尝我做的小姜饼。"

"既然您这么坚持，那我尝尝吧。"

"喝茶吗？"

"好的，谢谢。"我说。

"要加奶和糖吗？"

"加，谢谢。"我说。

我们落座后，她看着我，说道："说说看吧，艾略特，你遇到什么问题了？"

"嗯，只是，嗯，我……我……"我想先从别的话题开始说，什么话题都行，"嗯，我在您家门前的路上碰到一个人，是唐尼吗？"

“是的。”

“他想做什么？”

“艾略特，这是他的隐私。我告诉你，唐尼不是坏孩子。骨子里，他并不是真坏。他遇到了一些困难，正在努力跨过去。他跟你我一样，跟任何人都一样。你来就是因为这个吗？”

“嗯，不是，只是，嗯，我……我……”

“慢慢来，从头开始说。”她说。

“麦吉利维瑞先生，”我脱口而出，“他打玛丽·贝丝！我在海滩上看到了玛丽·贝丝身上的伤痕，她告诉我的。不只一处，是很多处伤痕。”

我长长地舒了一口气，感觉一阵轻松。我已经把瓶子里的精灵放出来了，就必须面对后果，无论这后果是什么。

“这真是匪夷所思！”老吉福德小姐说，“玛丽·贝丝告诉你，那些伤痕是她爸爸打的吗？”

“是的，但她不让我告诉任何人。”我又补充了一句。

老吉福德小姐从牙缝里倒抽一口凉气，开始摇头，“这太可怕了，艾略特，非常可怕。你来找我是对的。这种事不该瞒着。哦，可怜的玛丽·贝丝！"

"她跟我说了，不能告诉别人。"我又强调了一遍。

"我知道，艾略特，但你得想想，不能再这样下去了。要不然，你为什么要来这里？"

"我知道。"我说。

"交给我来处理吧。我会先找海伦谈谈，她是玛丽·贝丝的妈妈。如果事情有什么进展我会告诉你的，艾略特。"

"但我后天就要回雷克湖了。"我说。

"我会尽快找她谈一谈。明天早上麦吉利维瑞上船之后，我就去找她。这件事不能等。明天下午，我会在厄尔家停一下。这件事你告诉厄尔了吗？"她问。

"没有。"我说。

"嗯，我想，你最好告诉他，今天就说。"她说。

"好的。"我说，"还有一件事，吉福德小姐……我是说，梅布尔，我们无意中听到麦吉利维瑞先生跟布什瓦克煤矿公司的人说卖地的事。"

"真的吗？"她说，"那片地世世代代都是海伦家族的。我想，关于这件事，她肯定也有想法。交给我来处理吧。"

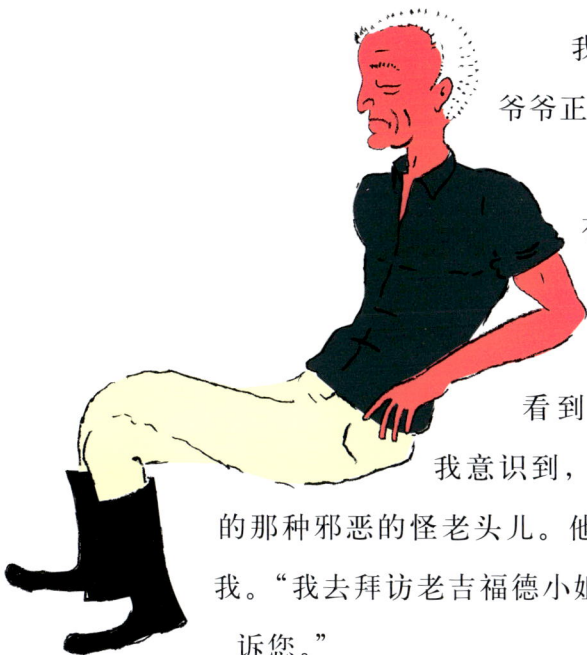

我和开心回来时，厄尔爷爷正坐在台阶上。

"感觉好点儿了没有？"他问。

"没有，爷爷，我感觉非常糟糕。"看到他脸上关切的表情，我意识到，他并不是我之前以为的那种邪恶的怪老头儿。他是我的爷爷，他关心我。"我去拜访老吉福德小姐了，我有一些事要告诉您。"

"什么事？"他问。

"嗯，昨天在海滩……我、蒂米和玛丽·贝丝一起……我看到玛丽·贝丝身上有一些伤痕。"

"然后呢？"厄尔爷爷说。

"我问她，伤是从哪儿来的……嗯，她告诉我，是她爸爸打的。而且，她爸爸以前也经常打她。"

"什么？"厄尔爷爷一下子站起来，说道："你为什么不早点儿告诉我？"

"嗯，我担心，如果告诉别人，她的处境会更糟。我想了很多种后果，如果我把这件事说出去可能会更糟。可我没办法再保守秘密了。因为，嗯，玛丽·贝丝是我的好朋友。"说完，我大哭起来。

我原本没打算哭，但我也不知道自己为什么会哭，泪水不由自主地涌了出来。我坐在草地上，垂下脑袋，哭得昏天黑地。一开始，我感到开心凉凉的鼻子拱着我的胳膊；接着，我感到厄尔爷爷用胳膊环抱住我的肩膀。

"你做得对，艾略特。"他说。

"可是，玛丽·贝丝说，她会因为告诉了其他人而再一次挨打。"

"我们不会让那样的事情发生的。"厄尔爷爷说，"这就是你去找梅布尔的原因，对吗？"

"是的。"我说。

"很好，她知道该怎么处理。"

"她明天早晨会去找玛丽·贝丝的妈妈谈一谈。"我说，"然后，她会到这里来。"

"我想，在德莫特还没察觉之前，我们最好静观其变。明天在船上的时候，我们假装什么都不知道，好吗？

你也不要跟玛丽·贝丝透露风声，不要让她担心。”

"好。"我给了厄尔爷爷一个大大的拥抱，他痛得直皱眉，我这才想起他背不好。这一次，他什么都没说，我准备松手的时候，他反而把我抱得更紧了。这时，我已经受不了自己了。来阿卡尼角之前，我差不多有一年的时间没哭过。在这里，我流泪不止。

大约半小时之后，小伙伴们来到厄尔爷爷家的后院。"我们要去桑迪海滩，看看昨晚的暴风雨给我们捎来了什么好东西。"玛丽·贝丝说。她手里拿着一个大铁罐。

"什么意思？"我问。

"去了你就知道了！告诉厄尔爷爷，你会跟我们一起吃晚餐。"

厄尔爷爷同意了，不过他提醒我，晚些时候我可以跟他一起吃甜点——奶油糖浆冰激凌。我学着其他孩子的样子，也穿上长靴。我们一起出发了。到达桑迪海滩后，玛丽·贝丝和杰克抓了两只活龙虾和一只蓝蟹，都是被风浪冲上岸的。我们齐心协力，在海滩上用石块垒了一个圆形的"灶台"。杰克用我们从厄尔爷爷家谷仓带来的火柴在"灶台"中间生起火。玛丽·贝丝在罐子里装满海水，把罐子放在火苗上方的石头上。水烧开之后，我们把龙虾和蟹扔了进去。龙虾甩了几下尾巴，很快就安静下来。过了几分钟，我们小心翼翼地把开水倒在海滩上，抓起冒着热气的海鲜吃起来。

我们坐在岩石上，用大石块把虾和蟹的壳砸开，吃得津津有味。我还吸了几口小龙虾腿里的咸汁。杰克舔着嘴

唇站起来，说道："艾略特，你会唱纽芬兰人的歌曲吗？"

还没等我回答，大家都站起来手拉着手，开始边跳边唱：

那艘船是我造的，

那艘船是我开的，

那条鱼是我抓的，

带回家里，送给丽莎。

摆摆屁股，撞撞你的伙伴，莎莉·蒂博；

撞撞你的伙伴，莎莉·布朗；

福古岛，特威林盖特，

摩尔顿港，

全部围成一个圈！

草皮、果壳，盖住你的晒鱼架，

蛋糕和茶，用来当晚餐。

春天吃鳕鱼，

用臭黄油来煎。

我看着玛丽·贝丝的时候，还是有些忧伤，但总的来说我们玩得很开心。我们一遍又一遍地唱着那首歌，直到被彼此绊倒，摔成一团，哈哈大笑。我们就那样躺着——胳膊和腿纠缠在一起——直到笑声渐渐消失，耳边只剩下浪花拍岸的声音。

玛丽·贝丝打破了沉默："我得回去帮妈妈干活了。"我们都站起身，拍了拍衣服上的沙子。玛丽·贝丝抓起她的罐子。我们爬上岩石。路过墓地时，我在心里默默地向曾外婆珀维斯道歉，为自己在她的墓碑上小便而致歉。

我们来到岔路口，互相道别。蒂米说："明天我们在码……码头上见。"我们每个人都彼此拥抱了一下。他们都走了，我和玛丽·贝丝一起走。一路上，我们都没有开口，直到来到厄尔爷爷家门口。

"明天是你在这里的最后一天。"她说，"后天早晨你就要离开了。"

"我知道。"我说，"明天是个重要的日子。"我们拥抱了一下，我意识到，对玛丽·贝丝来说，明天也许是最难过的一天。而且，这些都是因为我。我当时还不知道，这是玛丽·贝丝在那个暑假最后一次拥抱我。

那天晚上，我翻来覆去睡不着。我开始想念我的家人和朋友。我喜欢阿卡尼角，可这里的生活太复杂了。我想像以前一样当个孩子——没人注意，不被人当回事的孩子。

15

　　我在"尼托号"上工作的最后一天，船上的情形总的来说一切正常。我们说的话比平日少，但三个人都跟往常一样干活。整个上午，我每拉上来一条鳕鱼、每咬一口三明治都会想，这一刻老吉福德小姐有没有跟玛丽·贝丝的妈妈会面？也许，在麦吉利维瑞先生又吐出一团烟叶的那一刻，她们正在制订下一步的计划。

　　我们回到码头，小伙伴们都在等着我。

　　"这是你最后的机会了，艾略特。"杰克说，"你今天要不要跟我们一起游到'路易莎小姐号'去？"

　　"不要。"我说，"我想，我要把这个机会留到明年暑假。"

　　"也……也就是说，你明年还……还来？"蒂米说。

"我希望还能再来。"我说。我不想做出承诺，以免食言。

那一天，只有杰克和艾迪游到了'路易莎小姐号'。玛丽·贝丝和蒂米留下来陪我。

"你还好吗，艾略特？"玛丽·贝丝问，"你怎么不说话？"

"啊？"

"嘿，我在和你说话。"她说。

"哦，我挺好的。"我说。

"我知……知道他怎么了。"蒂米说，"你会想……想我们的，对吧？"

"是的，我会想你们。"我觉得很奇怪，这句话怎么会如此轻松地脱口而出。我会想念他们，我会想念这个疯狂的地方。

"我……我也是。"蒂米说，"明年暑假，我们要一起读……读更多的书，好吗？"他说。

"好的。"我说，"我们有整整一间图书馆的书要读呢。"

沐克 和艾迪回来之后，我们朝大路走去。

我们在"意义何在"商店停下来，我又给小伙伴们买了一些薯片。这时，我觉得胸口堵得难受。此刻，老吉福德小姐跟玛丽·贝丝的妈妈可能已经结束了谈话。我很担心，不知道玛丽·贝丝到家时，等待她的会是什么。麦吉利维瑞先生和往常一样，捕鱼回来就去镇上喝酒了。这样也好，在晚上回家之前，他什么都不会知道。

吃完薯片，我们跟彭妮道别，一起回家。我们先来到杰克和艾迪家。"啊，"杰克说，"我想，我们得说再见了。今天晚上我和艾迪要帮爸爸腌鱼，所以不能出去。明天上

午
你走的时候，我们已经出海了，对不对？"

"是的，应该是。"我说，"谢谢你们。如果明年夏天我还来，一定要游到'路易莎小姐号'上去。"

"你一定可以的。"艾迪说。

"我知道，我可以做到。"我说。

"那我们就这样说定了，再见。"杰克说，"一路平安。"

"再见，伙计们。"我说。

过了几分钟，我们来到蒂米家。"你会给我写……写信吗？"他问。"会的。"我说，"蒂米，不要让人说你笨，说你反应慢。你是我认识的最聪明的人之一。""真的吗？"他问，看上去快要哭了。

"真的！"我说。我们相互拥抱后，他转身走了。

他走到自家车道尽头时，大声喊道："再见，艾略特，我会想……想你的！"

"我也是！"我也大声喊道。

我和玛丽·贝丝一起往前走，她问我："你真的认为蒂米聪明吗？"

"是呀。"我说，"他和普通人不太一样，他人很好，很特别。我喜欢与众不同的人。"

"嘿，"她说，"你刚来的时候，我是不是也说过同样的话？"

"你说过。"我说。我们来到玛丽·贝丝该拐弯的地方，她冲我笑了。

"今天晚上我会偷偷溜出来，"她说，"我会来厄尔爷爷家的草坪找你。九点怎么样？"

"好，可以。"

我走上厄尔爷爷家的车道，听到有说话声。我上前一看，发现老吉福德小姐和厄尔爷爷坐在后门廊的台阶上。我还看到厄尔爷爷把手放在老吉福德小姐的膝盖上。听到我的脚步声，他迅速把手移开了。

"艾略特，你回来啦。"厄尔爷爷说。

"过来和我们一起坐下。"梅布尔拍了拍她旁边的位置，说道。

我坐下来，问她和玛丽·贝丝的妈妈谈得怎么样。"我不能对你撒谎，说事情都解决了。"梅布尔说，"但海伦同意制订一个暂时的计划。"

"什么样的计划？"我问。

"玛丽·贝丝会搬过来和我住一阵子。与此同时，我们会想办法帮助麦吉利维瑞家。"

"最终的结果会怎么样？"

"我也不确定，艾略特。如果方法得当，麦吉利维瑞先生也许会做出改变。如果他不改，可能就得离开，不然海伦和孩子们就会搬到别的地方去住。现在，我们只能走一步算一步。"她说。

"但是，如果布什瓦克煤矿公司的人发现这件事，他们会不会利用它来对付阿卡尼角的人？"

"不会的，艾略特。他们要是这样做，就太傻了。而且，我们也不会让这种事情发生。"

"梅布尔，你留下来和我们一起吃晚饭吧。"厄尔爷爷说。

"不了，我现在得去接玛丽·贝丝。我们说话的工夫，她可能正在收拾包裹。我希望给她点儿时间来安顿。"

"我明白。"厄尔爷爷说。在老吉福德小姐离开之前，厄尔爷爷在她耳边说了几句悄悄话。她抓住厄尔爷爷的胳膊，笑了。我开始想，他们的关系可能比普通朋友更亲密。老吉福德小姐开着皮卡车离开了，厄尔爷爷看着我，问我晚餐吃烤培根、生菜和番茄三明治怎么样。

"当然可以啦！"我说，"您知道，我有多爱吃您做的饭。"

厄尔爷爷给了我一个大大的笑脸，那是我见过的最灿烂的笑容。

吃完晚饭，我开始收拾行李。除了睡衣和第二天要穿的衣服，我把所有的衣服都叠好，放进皮箱里。厄尔爷爷做了两根带搭扣的皮带，用来把我的箱子捆好。我抬头看着曾外婆珀维斯的照片，第一次感到她的脸上有一丝丝笑意。她看上去仿佛不像之前那么严厉苛刻了。我正暗自感叹这段时间的变化，突然听到有人猛敲后门

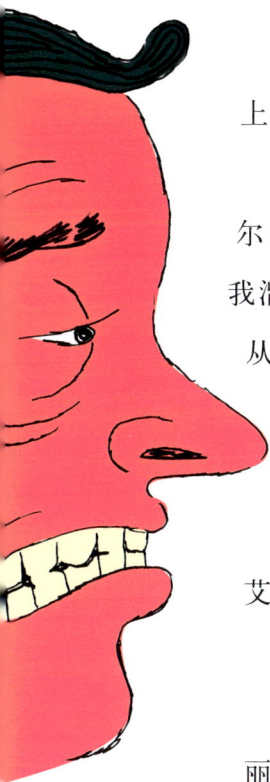

上的玻璃。

"厄尔！"一个粗哑的声音喊道，"厄尔，是我，德莫特。你在哪儿，臭小子？"我溜进厨房去偷听。然后，我听到厄尔爷爷从阁楼上下去了。

"什么事，德莫特？"厄尔爷爷问，"你又喝醉了？"

"你别管我醉不醉，我要狠狠揍一顿艾略特那个臭小子，给他点儿难忘的教训。"

"办不到！"厄尔爷爷说。

"你知不知道，那个臭小子说我打过玛丽·贝丝？"

"我已经知道你干的好事了！"厄尔爷爷说。

"难道你相信那个臭小子的话？"

"我相信。"厄尔爷爷说。

"好，别指望我再去你的'尼托号'上干活了。"

"我一个人也能干好。"厄尔爷爷说。

"很好，那你帮我带句话给那个臭小子。"麦吉利维瑞先生说。

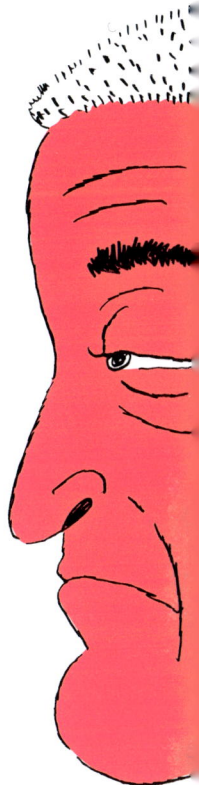

"什么话？"厄尔爷爷问。

"告诉他，如果明年暑假他还敢来，会有他好看的。不是我说，他游泳真不怎么样……"

"你这算威胁吗？"厄尔爷爷问。

"我什么都没说。"麦吉利维瑞先生说。

"如果你没什么可说的，就走吧。"厄尔爷爷说。

麦吉利维瑞先生离开后，我到门廊去找厄尔爷爷。

"如果明年夏天我还来，麦吉利维瑞先生会伤害我吗？"我问。

"不会的。"厄尔爷爷说，"他是有问题，但还不至于糊涂到那种程度。我希望他能得到梅布尔的帮助。到那时，他就会明白自己错得有多离谱。"

"那您要找谁去'尼托号'上当帮手呢？"

"我也不知道，艾略特。也许丫头说得对，我年纪大了，不适合找一个新帮手从头再来。更何况，我的后背和膝盖一直在给我添乱。德莫特这一走，也许我真该收拾东西搬到镇上去了。"

"不！"我大声喊道，"您不能离开阿卡尼角。您去镇上做什么呢？梅布尔和这里的其他人怎么办呢？您不能把地卖给布什瓦克煤矿公司的人。要是您卖了，阿卡尼角的其他人也会跟着卖掉地。到那时，布什瓦克煤矿公司的人会毁了这个地方的！"

"我还以为你不喜欢这里呢，艾略特。"

"我爱阿卡尼角！"

"那我请谁去'尼托号'上帮忙呢？"

"唐尼·麦克劳德怎么样？他有时间。"

"唐尼·麦克劳德？他爸爸说，他一点儿用都没有。而且，他不是整个夏天都在欺负你吗？"

"我想，他只是需要一个机会。您可以和吉福德小姐聊聊他的情况。"

"嗯，我会试试看的。你知道，我就喜欢挑战注定会失败的任务。"他看向我，眼睛里闪着光。我在想，我是不是也是他"注定会失败的任务"？

"去睡吧，艾略特。丫头明天一大早就来接你。你的东西收拾好了吗？"

"差不多了。"

"那，明早见。"他说。

那天晚上九点，我溜出去见玛丽·贝丝。

天上是一弯残月，月光稀少。

　　我等了一个小时，她也没有出现。我感觉特别不舒服。我知道她恨我，因为我把她的秘密说出去了。她是因为信任我，才告诉我伤痕的事，她还求我不要告诉任何人。我溜回房间，爬上床，缩成一团。

16

第二天早上，我、厄尔爷爷和开心坐在后门廊的台阶上等外婆来接我。她开车靠近后，对眼前这一幕一定非常熟悉——厄尔爷爷和开心坐在那里，阳光照射过来，他们都眯起棕色的眼睛。只是这一次，我坐在他们中间。

"嗬，瞧瞧你们这模样！"外婆说，"非礼勿视，非礼勿听，非礼勿言。我们走，孩子。"说着，她把钥匙插进车锁里，"孩子，你有没有劝厄尔爷爷，让他离开阿卡尼角，嗯？你有没有告诉他，在镇上生活有多好？我敢打赌，你都等不及想回雷克湖了，对不对？回到文明世界里生活。"我看向厄尔爷爷，他冲我眨眨眼，用手比画着"闭口"的动作。

"不，外婆，我从没想过。"

"从没想过？你不想你的电视、你的朋友、你爸爸做的饭吗？你不想回到文明世界里生活吗？"

"不，真的不想，外婆。"

"哦，艾略特！我该拿你们两个怎么办？好吧，走，我可不想在这里待得太久。"

厄尔爷爷把重重的绿箱子搬到车上，放进后备箱。

他把手伸进口袋里，掏出一个用报纸包裹的小包。

"这是给你的。"他说，"上了飞机再打开。这也是给你的。"他又递给我一个黄色信封，信封的正面用铅笔整整齐齐地写着我的名字。"玛丽·贝丝早上来过，她让我把这个交给你。"

"谢谢您。"我给了厄尔爷爷一个拥抱。然后，我蹲下身去抱住开心，抱了很长时间。

最后，外婆走过来，说道："快点儿，孩子！"

我没有立刻松开手，又抱了开心一会儿。外婆长长地叹了口气，我听到之后，凑近开心的耳朵，说道："别忘了我，开心。我知道，你老了，记性不好。但你一定要等我回来。"说完，它最后一次舔了一下我的鼻子。我放手让它离开了。厄尔爷爷已经把车门打开，我爬进车里。

去机场的路上，我一直用手

艾略特

摩挲着黄色信封的边缘。

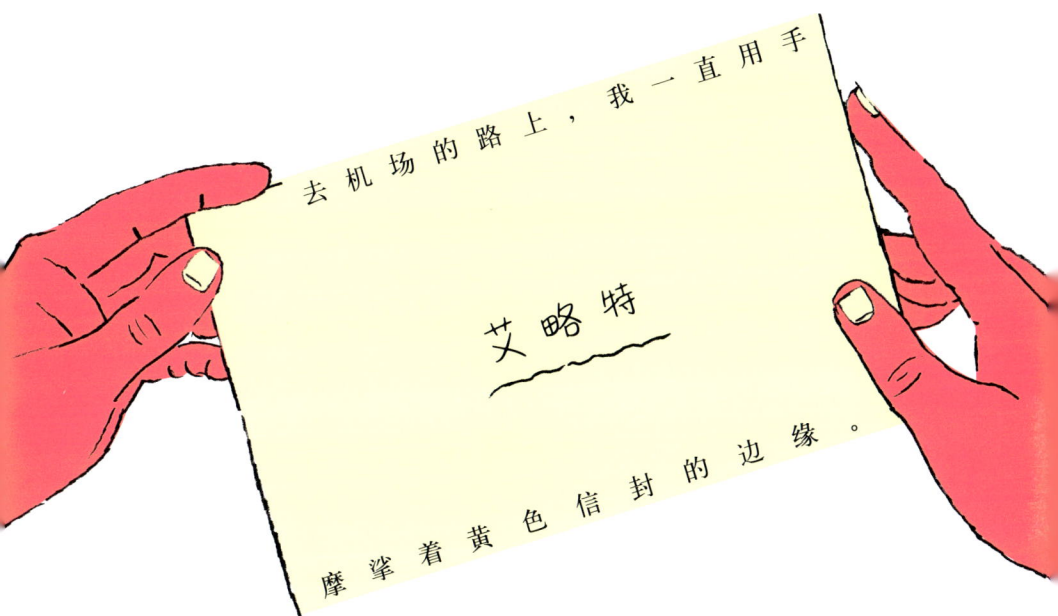

"哎呀，我真不敢相信，你在那一潭死水的破地方玩得还挺开心。"外婆说。

"那里不是破地方。"我说，"是这个世界上我最喜欢的地方。"

"拜托，艾略特！你对这个世界了解多少啊？"她说。

"我知道的比您以为的要多。"我说道，语气很坚定。她没再说什么。

我们到达哈利法克斯机场后，外婆帮我把箱子从后备箱里取出来，放在人行道上。

"艾略特，这个暑假，你没帮上我什么忙。但我看得出来，你自己有收获。我想，这也值得。再见，宝贝，我要迟到了。"她说着，在我的额头上干巴巴地亲了一下。然后，她开着那辆金色的庞蒂亚克小汽车迅速离开了。

查完票之后，我登上飞机。在门口迎接我的还是那位空姐，但她好像没有认出我。"你的座位是22号，请一直往后面走。"她说。

我落座之后的第一件事，就是撕开信封。

亲爱的艾略特：

对不起，我昨晚没去赴约。我真的非常生你的气。我跟你说过，不要告诉任何人。

现在我非常担心我妈妈。她没有我该怎么办？我的三个弟弟该怎么办？

我一直哭，但老吉福德小姐人很好。我们吃了小姜饼。她认为你做得对，但我不知道以后还会不会再告诉你什么秘密。即使我不会再告诉你任何秘密，我也多么希望你可以多待一阵子。

我希望你以后会再来阿卡尼角。我还留着你的美人鱼浴巾呢。

你会给我写信吗？

玛丽·贝丝

我用大拇指摩挲着她在信纸边缘画的红心。

然后，我打开了厄尔爷爷的礼物，是曾曾外公斯坦恩的日记。我知道，它对厄尔爷爷来说，意义重大。他的母亲米妮把日记留给了他。那一刻，我意识到，将来有一天，我也可以把日记传给合适的人，我也能保护好这本日记。谁知道呢，说不定我也会有自己的孩子。如果我有孩子，暑假我会把他送到阿卡尼角去。想到妈妈安排这一切竟然如此有深意，我不禁皱皱眉、撇撇嘴，我已经等不及想见到她了。对了，还有爸爸，我甚至有点儿想念姐姐。

这时，我看到那位空姐沿着过道走过来，手里端着饮料和花生。走到我身边时，她盯着我看了一会儿。

"嗯，"她顿了一下，说道，"一两个月之前你是不是坐过这趟航班？"

我礼貌地转过身，擤了擤鼻涕，擦了擦眼泪。然后，我转过身来，看着她，说道："不是，我现在已经变成另一个人了。"

我朝她咧嘴一笑。

她也朝我咧嘴笑了。

奇想文库

....

为当下和未来建造一片奇思妙想的自由天地

"奇想文库"以"奇想"命名,承自"奇想国童书"这个品牌名,是奇想国专门为 6～12 岁中国儿童打造的经典儿童文学书系,其意义源自我们的出版理念:

奇思妙想,是人类最宝贵的精神财富之一;

奇思妙想,能帮我们大力拓展知识疆界,创新求变,为世界带来无限可能性;

奇思妙想,使我们永葆天真好奇的目光,更敏锐地感知世界,体会快乐和幸福。

奇想国童书希望通过自己的出版物,帮助孩子和大人们终身拥有奇思妙想的能力。

丰富的、自由的、无边界的、充满创造力的想象,在科学领域之外的文学,特别是儿童文学领域,拥有另一个广阔的舞台。优秀的儿童文学作品以其出色的遐想和精彩的故事,带领小读者们上天入地、通贯古今,自由穿梭于幻想与现实的天地里,去探索无限丰饶的人类精神和无限奇妙的世界万物。真正优秀的儿童文学作品,可以滋养出拥有充沛想象力、丰富感受力、富有同情心以及出色表达力的孩子,帮助他们成长为一个快乐的、有趣的、符合未来社会发展需求的人。

"奇想文库"以"想象"与"成长"为主线,以"名家经典"和"大奖作品"为选品标准,在世界范围内为中国孩子甄选出优秀的"幻想小说"和"成长小说",让孩子通过持续的、多样化的阅读,为成长解惑答疑,为想象插上翅膀,健康快乐地成长。

奇想文库

小心！怪物雅克出没！他浑身长满长毛，专吃小孩。不过，他只吃"好孩子"，一旦吃了"坏孩子"，不仅会消化不良，还可能危及生命。可是，世界上的"好孩子"越来越少了。终于有一天，饥饿的雅克因误食"坏孩子"而中了毒。奄奄一息之际，一个天使般的小女孩救了他。面对送到嘴边的"美食"，雅克会如何选择呢？

乔纳斯，一头机械鲨鱼，曾经的电影宠儿，渐渐沦为怪物乐园里故障频出的"小丑"。为了躲避被扔进垃圾场的厄运，更为了实现自己的心愿——变成一头真正的大白鲨，乔纳斯踏上了一场危机四伏的海洋历险之旅。经过这场艰难的旅程，乔纳斯开始明白，拥有真正的生命很重要，而赢得他人的尊重和爱更重要……

从前，在一座阴森的城堡中，住着一位邪恶的公爵和一位美丽的公主。来向公主求婚的人，都必须通过公爵的考验，为此丧命的人不计其数。有一天，乔装成吟游诗人的佐恩王子来到了这里……他能成为幸运的闯关成功者吗？魔法、宝石、怪物、王子、公主、女巫，老掉牙的童话元素在美国文坛巨匠詹姆斯·瑟伯的笔下，有了另一番味道。

家住矢车菊街区的莫莫酷爱读书。一天，他在读书时结识了一位神秘的老人。老人自称爱德华先生，他封莫莫为"矢车菊街的小王子"，自己则化身王子的"贴身护卫"。他们一起读书，还策划了一场轰动全市的秘密行动，让街头的墙壁上"开满了花"，使原本阴沉沉的街区焕发了生机。可是有一天，爱德华先生却不辞而别。莫莫终于找到了他，揭开了爱德华先生身上的秘密……

夜深了，迈克尔在临睡前要求爸爸讲一个故事，而且故事里必须有狼！没想到，这个关于狼的故事怎么讲也讲不完，因为迈克尔总会提出新的要求。于是，这个故事越讲越长，加入了父子俩的各种奇思妙想，有母鸡彩虹，有保卫鸡舍的小男孩吉米·拖拉机轮，当然，还有一头名叫沃尔多的狼。这个狼的故事会有一个什么样的结局呢？

奇想文库

（适读年龄 6~12 岁）

这是一场严峻的布丁保卫战：成熟老练的水手、憨态可掬的企鹅和聪明睿智的考拉是"职业"布丁主人，负责保护脾气暴躁、俏皮可爱、永远吃不完的魔法布丁。负鼠和袋熊这两个布丁小贼绞尽脑汁，想通过乔装打扮"拐走"布丁。有那么几次，布丁真的被"拐跑"了，布丁主人们"沉着应战"，展开了一次次夺回布丁的英勇行动……

莫琳·斯旺森是出了名的"闯祸精"。一天，她成功闯入了荒废多年的梅瑟曼老宅。在那里，莫琳发现了七幅画像，而画像里的女子居然会动！莫琳无意中捡到了一条鸽羽手链，并将它带回了家。谁知，手链的主人——画像中的一位女子竟然追到了莫琳家！莫琳回到梅瑟曼老宅归还手链，却发现自己被困在了多年以前这座宅子的主人生活的年代。莫琳还能回家吗？

科林·梅森是家里四个孩子中的老大，一直是妈妈最信任的好帮手。可是有一天，他突然发现，原来自己还有一个顽劣成性、举止粗鲁的姐姐，而这位神秘的姐姐身上似乎藏着一个秘密。警觉的科林悄悄跟随她，穿过壁橱，来到了一座极尽奢华的城堡。科林的弟弟妹妹们也接连发现了壁橱后的世界。面对诱惑，孩子们会迷失在这里吗？

我是老鼠斯宾雷克，四只鼠宝宝骄傲的父亲，蕾茜娜忠诚的丈夫。一场飞来横祸将我们的家摧毁了，于是我们决定去寻找传说中老鼠的梦幻家园——鼠登堡。途中，我们遭遇了数不清的危险，也遇到了各种有趣的生物，其中有敌人，也有意想不到的朋友。在家族之星的指引下，我们最终到达了鼠登堡，却发现，那里和我想象中的不太一样……

格蒂永远有任务在身。这一次，为了实现自己的秘密目标，她的任务是成为全宇宙最优秀的五年级学生！然而，她遇到了一个强劲的对手——班上新来的女生玛丽·休。面对玛丽·休的处处压制、同学们的误解猜疑、老师难以捉摸的态度，善良、执着、行动力超强的格蒂能够顺利完成任务吗？她的秘密目标能够实现吗？

奇想文库

（适读年龄 6～12 岁）

秋天来了，镇上发生了一桩怪事，所有的叶子都没有落下来。原来，叶子莉娜和叶子伊皮相爱了，他们不想分开，于是联合其他树叶对抗自然法则。而同时，红松鼠斯奎莉默默喜欢上小狐狸沃尔波，喜欢透过树洞悄悄看他，可树叶恰巧挡住了她的视线。为了查明树叶不再掉落的原因，她不畏艰险，跋山涉水……出于各自对爱的理解和坚守，斯奎莉和叶子们分别会做何选择呢？

因为家庭变故，爸爸将奥利维娅和妹妹内莉托付给乡下的明蒂奶奶照顾。谁知，明蒂奶奶对照顾孩子一窍不通，却对门廊外杂草丛生的大花园无所不知。奥利维娅在奶奶家找到了一本书，里面提到了一座神秘花园，邪恶的精灵把八个孩子变成了花园里的花，至今没有人能找到他们。姐妹俩发现，书中的花园似乎就是明蒂奶奶家的花园！她们真的会在这里找到那些迷失的花童吗？

艾达·B天性活泼开朗，果树和小溪都是她的好朋友。因为不喜欢学校的束缚，她由爸爸妈妈辅导，在家上学。可是妈妈不幸罹患癌症，为了支付医疗费用，爸爸不得已出售了部分果园，并将艾达·B送回了学校。艾达·B无法接受生活的剧变，决定把自己的心化作一块石头，执拗地对抗周围的一切。老师的耐心、同学的友爱、父母的宽容，能为艾达·B解开心结吗？

在一次人类的突击围剿中，小狗埃尔维斯失去了相依为命的妈妈，从此沦为一只流浪狗。困顿彷徨中，他依稀记起了妈妈生前对他的嘱托：寻找属于自己的家，寻找生命的真正意义。然而，命运却为他准备了太多的"惊喜"。他流浪街头，饱受欺凌、饥饿和伤痛，甚至被一群大狗当成"讨饭工具"。一次意外让他遇到了好心的主人——善良的小女孩安娜。在新的家庭，埃尔维斯能否找到真正的归宿？

凯特性格孤僻，举止粗鲁，谎话连篇，还被学校留级了；希拉丽则恰好相反，是所有人眼中的"乖女孩"。凯特宣称自己家脏乱的院子里有一座"精灵村"，里面住着精灵。学校的孩子对此全都嗤之以鼻，唯有希拉丽将信将疑，并答应和凯特一同照料"精灵村"。在凯特的指引下，希拉丽时不时会发现一些精灵的"蛛丝马迹"。就在希拉丽以为精灵的所有秘密呼之欲出时，一个残酷的真相被无情地揭开……

图书在版编目（CIP）数据

毕业那年海边的暑假 ／（加）弗兰克·维瓦著、绘；
邱晓亮译． —— 西安：陕西人民教育出版社，2020.4（2022.9 重印）
书名原文：sea change
ISBN 978-7-5450-7274-7

Ⅰ．①毕… Ⅱ．①弗… ②邱… Ⅲ．①儿童小说 - 中
篇小说 - 加拿大 - 现代 Ⅳ．① I711.84

中国版本图书馆 CIP 数据核字（2020）第 009944 号

毕业那年海边的暑假
BIYE NANIAN HAIBIAN DE SHUJIA

[加] 弗兰克·维瓦 著/绘　　　邱晓亮 译
策　　划　奇想国童书
责任编辑　余　瑶
特约编辑　王　博　聂宗洋
装帧设计　王　妍　李困困
出版发行　陕西新华出版传媒集团
　　　　　　陕西人民教育出版社
地　　址　西安市丈八五路58号
经　　销　各地新华书店
印　　刷　固安兰星球彩色印刷有限公司
开　　本　889mm×1300mm　1/32
印　　张　5.25
字　　数　105千字
版　　次　2020年4月第1版
印　　次　2022年9月第4次印刷
书　　号　ISBN 978-7-5450-7274-7
定　　价　45.00元

著作权合同登记号：陕版出图字　25-2019-239